colección alandar

La foto de Portobello

Vicente Muñoz Puelles

EDELVIVES

Directora de la colección:
Mª José Gómez-Navarro

Equipo editorial:
Violante Krahe
Juan Nieto
Lupe Rodríguez

Dirección de arte:
Departamento de imagen y diseño GELV

Diseño de la colección:
Manuel Estrada

Fotografía de cubierta:

Carretera de Madrid, km. 315,700
50012 Zaragoza
Teléfono: 913 344 883
www.edelvives.es

ISBN: 84-263-5618-4
Depósito legal: Z. 3040-04

Talleres Gráficos Edelvives (50012 Zaragoza)
Certificados ISO 9001
Printed in Spain

El 0,7% de la venta de este libro se destina a la construcción de la escuela que la ONG Solidaridad, Educación, Desarrollo (SED) gestiona en San Julián (El Salvador).

FICHA PARA BIBLIOTECAS

MUÑOZ PUELLES, Vicente (1948-)
La foto de Portobello / Vicente Muñoz Puelles. – 1ª ed. – Zaragoza : Edelvives, 2004
179 p. ; 22 cm. – (Alandar ; 59)
«IV Premio Alandar»-cub.
ISBN 84-263-5618-4
1. Anorexia. 2. Indios pieles rojas. 3. Adolescencia. 4. Internet. 5. Superación. I. Título. II. Serie.
087.5:821.134.2-31"19"

Novela ganadora del
IV Premio Alandar de Narrativa Juvenil

El jurado se reunió el 13 de septiembre de 2004.
Estaba compuesto por Ricardo Gómez,
Pablo Barrena, Prudencio Herrera, Luisa Mora
y José Manuel Gómez Luque.

Desde el oscuro horizonte de mi futuro
soplaba siempre en mi vida esa especie de brisa,
lenta y persistente, de los años por venir.

ALBERT CAMUS

Ese viento, ese viento
hace temblar mi tienda, hace temblar mi tienda
y canta una canción para mí,
y canta una canción para mí.

CANTO SIOUX

LA SALA NÚMERO CUATRO

Llevaba algún tiempo intentando abandonar el bosque. No era un bosque desconocido, sino el pinar que se erguía cerca del chalé familiar, en Altura. Pero le parecía mucho más tupido de lo que recordaba. Si al menos tuviese a *Nerón* a su lado, pensó, le bastaría seguirlo para encontrar el modo de salir de allí.

El perro debía haberse distraído por el camino. Quizá había encontrado un conejo, y había echado a correr tras él. Deseó que no lo alcanzase y que no se lastimara las patas. El primer deseo era fácil de cumplir, porque *Nerón*, pese a sus esfuerzos, jamás había atrapado un conejo. Se contentaba con perseguirlos, como si sólo le importara la emoción de la carrera. El segundo deseo era más difícil, porque los conejos huían en zigzag, describiendo quiebros repentinos, y con la edad *Nerón* se había vuelto demasiado pesado, lo que le hacía propenso a las lesiones. Regresaba cojeando penosamente, satisfecho, pero con la lengua fuera, y tardaba días en recuperarse.

Estaba segura de que había salido de casa con *Nerón*. ¿O no? Es más, ¿para qué iba ella a adentrarse en el pinar, si no era para pasear al perro?

De pronto percibió un resplandor. Durante una fracción de segundo, mientras se despertaba, aún se creyó perdida en el bosque. Había anochecido, y sus padres y sus amigas estaban buscándola. Oía sus llamadas, con un toque de impaciencia, y veía sus linternas encendidas entre los árboles. Pero no podía contestarles —la garganta no le obedecía— ni ir a su encuentro, porque alguien había lanzado sobre ella una de esas redes ligeras, de malla pequeña, que se utilizan para cazar pájaros, y a cada movimiento se enmarañaba más.

Abrió los ojos y volvió a cerrarlos, cegada por el haz luminoso que procedía de la puerta.

—¡Duerme de una vez! —le conminó una voz femenina.

Comprendió dónde se encontraba: en la Unidad de Trastornos de la Conducta Alimentaria —o «Transtornos», como proclamaba falsamente, con letras rojas, el rótulo de plástico colocado junto a la puerta de la unidad—, del hospital Clínico de Alicante, donde el sueño y el reposo obligado formaban parte del tratamiento.

Y la linterna pertenecía a Ángela, la enfermera de guardia —«Ángela de la Guardia», la llamaban a veces—, una mujer de mediana edad y cabello plateado que entre sus muchas ocupaciones tenía la de comprobar si las pacientes dormían. Como si alguien, y más en aquellas circunstancias, pudiera dormir a golpe de silbato.

Desde que Sonia había entrado allí, ocho días antes, Ángela había sido uno de sus apoyos más firmes. No la amenazaba y no estaba siempre vigilándola desde el pasillo, como otras enfermeras, para ver si la descubría haciendo flexiones a escondidas. Pero ahora Ángela se había equivocado al tomar por rebeldía lo que sólo había sido un movimiento involuntario de los párpados o un cambio de postura durante el sueño.

Sonia protestó:

—Si estaba dormida...

—¡Calla! Despertarás a tu compañera.

Por venir de Ángela, a Sonia la injusticia le dolía más. Pero se hallaba demasiado cansada para insistir. Desde siempre, se consideraba una víctima de la incomprensión ajena.

Un recuerdo terrible, que intentaba llegar hasta ella, la alcanzó por fin: *Nerón,* el fiel e impulsivo perseguidor de conejos, estaba muerto. Quizá por eso se había resistido a aparecer en el sueño. No era que se hubiera entretenido por el camino, sino que ya no volvería a pasear con ella.

La mañana del primer día de Navidad, hacía ya casi tres meses, Sonia había encontrado a *Nerón* tendido junto a la puerta, como si la estuviera esperando para salir. Tenía los ojos de color miel muy abiertos, y llevaba algún tiempo renqueando al andar. Sin duda había muerto de viejo.

Lo enterraron al pie del único almendro de la parcela, un árbol grueso y venerable, que en enero, como todos los años, empezó a florecer. Pero esta vez las flores duraban muy poco. Se abrían, se marchitaban enseguida y caían, como copos de nieve ligeros y fluctuantes, cuando soplaba el viento. Y las hojas que aún no habían caído se abarquillaban y se desprendían también.

Sonia estaba abrumada por sus propios problemas, y no habría reparado en los cambios del árbol de no ser por su padre, el voluntarioso narrador de historias, que disponía de un nutrido repertorio, listo para desplegarlo en cuanto alguien parecía preocupado o aburrido.

—¿Has visto el almendro? —le preguntó—. Venancio cree que se muere porque enterramos a *Nerón* demasiado cerca.

Venancio era el jardinero, un hombretón de tez morena y ojos muy claros, que parecía tener los dones ancestrales de predecir el tiempo y de identificarse con las plantas.

«Cuando la luna llena se esconde, lluvia viene», decía.

O bien:

«Planta muchas veces traspuesta, ni crece ni medra».

Caminaba muy erguido, porque años atrás se había lesionado la espalda y llevaba un implante de platino en la columna. El padre de Sonia, que sentía una fascinación algo pueril por los indios de Norteamérica y hasta había escrito sobre ellos, le había puesto el apodo de *Tronco Andante,* pero rara vez lo llamaban así.

—¿Y por qué es malo que *Nerón* esté tan cerca? —preguntó ella.

El padre se encogió de hombros.

—Es un árbol de secano. Antes ni lo abonábamos. De pronto, ha recibido un exceso de nutrientes. —Hizo un gesto vago, como si evocara algo desagradable—. Un animal tan grande...

Sonia vislumbró de repente el cuerpo de *Nerón* entre las raíces, bajo la tierra seca. Para que no estuviera tan solo, ella había dejado caer en la fosa abierta una vieja pelota de tenis. De niña, ella le había lanzado esa misma pelota cientos de veces. El perro la cogía al vuelo o perseguía sus rebotes por el jardín, y se la entregaba para que volviese a lanzársela de nuevo.

—Yo lo quería mucho —dijo, con un quiebro en la voz.

Su padre se arrepintió de haber mencionado el tema. De modo inexplicable, Sonia continuaba perdiendo peso —se quejaba siempre de fuertes dolores de vientre, de malas digestiones, de problemas intestinales—, y no convenía darle nuevos motivos de inquietud.

—Yo también lo quería —confesó, nostálgico. Y al momento, como si lamentara su debilidad o el recuerdo le resultara demasiado ingrato, volvió a hablar del almendro—: Venancio dice que quizá se salve, si se le podan algunas ramas.

Echada en la penumbra sobre la cama, sin atreverse a mirar hacia la puerta por temor a una nueva reprimenda, Sonia pensó que, si su padre estuviera allí, en el hospital, le preguntaría qué había sido del almendro, si se había recuperado o se había malogrado del todo. Quizá ya lo habían talado para hacer leña. También le preguntaría por los conejos, por su erizo —su padre tenía un erizo llamado apropiadamente *Inspiración,* que vivía en la habitación donde él escribía— y por los loros. Pero su padre no estaba allí, ni su madre, ni Darío, su hermano, y no sabía cuándo le dejarían verlos. Antes estaba harta de ellos y de sus atenciones y sus controles. Se sentía vigilada y acosada. Ahora los echaba de menos y suspiraba por una visita que aún parecía muy lejana.

Darío. Si al menos hubiera seguido llevándose bien con él... ¿Qué había ocurrido? ¿Cómo habían cambiado tanto? ¿Por qué todo se había torcido, roto o resquebrajado en algún punto? ¿Cuándo había dejado de ser feliz? El doctor Loayza le hacía preguntas similares y esperaba respuestas simples, que ella no podía darle porque la realidad era más compleja.

—¿Te llevas bien con tu hermano? ¿No? ¿No te llevas bien o no lo sabes?

—No me llevo de ningún modo.

—Si tuvieras que definir a tu madre con una palabra, ¿cómo la definirías?

—No sé definirla con una sola palabra.

—¿Y con varias?

—Posesiva, trabajadora... Intenta resolverlo todo ella sola, porque papá sólo se dedica a escribir. Le encanta quejarse, pero también se ilusiona enseguida. Nos quiere mucho.

—Y a tu padre, ¿cómo lo definirías?

—Sufrido, pesimista.

—¿Por qué?

—Al contrario que mamá, nunca se enfada y casi nunca se queja. Pero le gusta escribir sobre temas tristes. A veces discuten sobre eso. Ella le reprocha que sus novelas siempre acaban mal.

—¿Y tú?

—Yo era una chica muy alegre. Bueno, creo que aún lo soy.

Imaginó que volvía a ser una niña, y que otro haz de linterna la buscaba, rasgando la oscuridad del dormitorio. Era Darío, su hermano, que acababa de despertarse en su cama, en el extremo opuesto de la habitación. Quería asegurarse de que no estaba solo, y de que aquel bulto distante tenía las tranquilizadoras facciones de Sonia, a cuyo lado siempre podía cobijarse.

Y es que, de pequeño, Darío vivía en un estado de terror permanente, sobre todo de noche, cuando los búhos ululaban en los árboles, al otro lado de la valla, y los gatos poblaban el jardín de maullidos que sonaban a llanto. Esos ruidos abruptos no solían alterar el sueño de Sonia. Pero el otoño anterior, cuando había empezado a dormir mal y tiritaba de hambre y de frío, porque su cuerpo carecía de reservas para producir calor, las llamadas de celo de los gatos la habían desvelado muchas noches.

Ahora Darío se había convertido en un chico robusto de modales algo salvajes, al menos para el gusto de Sonia. ¡Había que verlo comer, abalanzándose sobre cada bocado y masticando con la boca abierta! A veces el padre intentaba corregirle, pero la madre lo defendía:

—No te metas tanto con él. Al menos hay alguien en esta casa que come con verdadero apetito. ¿Qué quieres, que se acompleje todavía más?

Sin embargo, Darío no parecía tener ningún complejo. Comía hasta hartarse, se peinaba cuidadosamente y vestía con discreción, pero a la moda. Sonia estaba asustada, a pesar de que ya había cumplido dieciséis años, tres más que Darío. Era comprensible, pues había sentido la proximidad de la muerte. Al menos, todos coincidían en que le había faltado muy poco.

En los últimos meses evitaba mirarse en el espejo porque, por mucho que adelgazara, se encontraba gruesa y desproporcionada. Pero se veía en los ojos de los demás: en la mirada dolorida de Sigrid, la madre, la mujer eficiente y responsable que se sentía fracasada por no haber detectado el problema a tiempo y, luego, por no haber sabido atajarlo y evitar que se agravara; en la mirada angustiada de su padre, Tulio Ventura, el laborioso escritor, que no podía comprender cómo su hija adorada se había transformado de la noche a la mañana en aquel esqueleto vacilante; en la mirada esquiva de Darío, que procuraba ignorarla y no sentirse afectado. Y también en su propia mirada, que cuando al final se atrevía a buscarla en el espejo le parecía la de otra persona.

Eso era lo que había conseguido. Buscando la figura ideal se había esculpido a sí misma, con una gran tenacidad, arrancándose fragmentos de carne; ahora se sentía como si ya estuviera muerta y un soplo de viento pudiese llegar en cualquier momento, abatirla y dispersar sus restos livianos.

Pensó en Beth, una chica de diecinueve años que dormía en la sala número dos y que había perdido todos los dientes de tanto vomitar, por la descalcificación y por la frecuencia con la que se introducía la mano en la boca, y con un estremecimiento la alejó de su mente.

También a ella le sorprendía aún con qué rapidez había ocurrido todo. A menos que fuera cierto lo que su padre le había dicho poco antes de internarla, mientras daban un largo paseo por el pinar: que, en su opinión, siempre había sido una niña algo retraída, ensimismada. Pero no era cierto. ¡No había más que verla en las fotos o en las cintas de vídeo, donde no paraba de reírse! Lo había dicho con la mejor intención del mundo, pero el comentario la había herido profundamente. ¡El pobre hombre, eligiendo siempre con cuidado las palabras y equivocándose siempre! Pero es que su padre carecía de sentido práctico —era lo contrario de su madre— y vivía sólo para su erizo, la literatura y sus novelas, que siempre acababan mal.

Volvió a cambiar de postura y fue como si alguien agitara un caleidoscopio, porque de pronto se encontró recordando otras escenas, sin orden ni concierto: Darío y ella con sombreros de paja, cuando todavía se llevaban bien, subiendo y bajando en bicicleta una serie de pequeñas colinas peladas, con el pinar al fondo; el padre, Darío y ella encaramados en un algarrobo centenario, en medio del campo, posando para un fotógrafo que pretendía ilustrar un reportaje sobre la vida familiar de los escritores; la madre y ella en un supermercado, dando caza con un sombrero al ratón que luego llevarían a casa y sobre el que el padre escribiría *El ratón de Sonia,* el cuento que ella prefería de los suyos; su amiga Elsa y ella vagando por las calles de Alicante, eligiendo a una persona y siguiéndola, por puro juego, hasta que sospechaban que se había dado cuenta y empezaban a seguir a otra; la emoción y el extraño sabor del beso de aquel chico, Eduardo, que tanto le había desencantado, aunque continuaba sin saber por qué; su cuarto, que al evocarlo le parecía lleno de colores y casi lujoso, sobre todo en comparación con la desnudez de aquella sala, amueblada sólo con dos camas y dos taquillas, la suya y la de Verónica, su compañera, de las que ni siquiera tenían las llaves.

Porque al entrar allí les quitaban todo. «Privilegio cero», lo llamaban, como si el derecho más elemental fuera un privilegio, o como si ellas no fuesen personas, sino unos robots inservibles que necesitaran ser programados de nuevo. Lo único que no podían quitarles eran los recuerdos. El doctor Loayza le había dicho que en su estado tampoco debía fiarse completamente de ellos, porque la mente enferma urdía sus propios trucos para justificarse. Se suponía que lo decía para ayudarla. ¡Bonita manera de aumentar su autoestima! Porque, si una persona no podía confiar siquiera en los recuerdos, ¿qué quedaba? Al menos ella sí estaba segura de los suyos.

De cuando en cuando, de un rincón de la memoria, surgía, como una roca a la que aferrarse, la más brillante de todas las secuencias, el acontecimiento más intenso de su vida, que las sesiones de vídeo doméstico habían resucitado con frecuencia: el día en que, doce años antes, la familia había abandonado la atestada casa de Alicante, donde ya no cabían, sobre todo después del nacimiento de Darío, para instalarse en un chalé de Altura, urbanización ostentosa pero mal comunicada, situada a unos cinco kilómetros de Benivent.

Primero arrancó el camión de la mudanza, con todas las pertenencias. Los cuatro subieron en el coche que la madre, la única que conducía, acababa de comprar, precisamente para poder desplazarse y no quedarse aislados en el chalé. Darío y Sonia iban atrás, parapetados en sus asientos acolchados.

De camino hicieron alto en una tienda de animales y recogieron una cría de pastor alemán de dos o tres meses, una pequeña maravilla de manto negro y ocre, que la madre había elegido la víspera, y que se quedó inmediatamente dormida en las rodillas del padre. También Darío, que sólo tenía un año, se durmió enseguida.

—¿Cómo te gustaría que se llamase? —le preguntó el padre.

Pero, antes de que a Sonia se le ocurriera ningún nombre, la madre se adelantó:

—Se llamará *Nerón* —dijo—. De niña, en Noruega, tuve un perro que se llamaba así.

Y es que la madre era noruega —había nacido en una aldea al norte de Oslo, que a Sonia le gustaba imaginarse poblada de casitas de madera, bajo la nieve, al lado de un fiordo—, pero hablaba sin ningún acento, o casi —cuando se ponía nerviosa, sus eses se volvían sibilantes— porque llevaba muchos años en España.

—*Nerón, Nerón, Nerón* —repitió Sonia.

Era un nombre que hacía reír, si se decía muy aprisa.

Poco antes de llegar, la madre detuvo el coche. El padre bajó, dejó cuidadosamente a la perrita dormida en su asiento y le dio la mano a Sonia.

—Mira, ésa es la casa.

Aunque sólo tenía un piso, era un poco como los castillos de los cuentos. Había una valla, que luego se cubriría de buganvillas, y una verja pintada de verde. Un tejado rojo asomaba sobre los árboles, y un sendero en pendiente conducía a la puerta del chalé. Pero no fue entonces, claro está, sino muchos años después, cuando Sonia advirtió que todas las ventanas tenían rejas —unas rejas en diagonal, colocadas para desalentar a posibles ladrones— que le hicieron sentirse prisionera, como en una cárcel.

LISTA DE PRIVILEGIOS

Sonia sintió que le zarandeaban un hombro, levemente pero con decisión. Era Ángela. Su amplia sonrisa apenas ocultaba un rictus de cansancio.

—Anda, levántate. Son las siete.

Sonia se incorporó, tomó el termómetro que la enfermera le tendía y se lo colocó en la axila. Miró a Verónica, que yacía en la cama contigua, pálida e inmóvil como una muñeca de porcelana en su vitrina, y dedujo que también tenía el termómetro puesto. Con once años, Verónica era la más joven de la unidad, aunque se rumoreaba que por allí habían pasado pacientes aún más precoces. La de más edad, en aquel momento, era Concha, una mujer casada, con hijos ya mayores, que solía recuperarse con relativa facilidad, pero al cabo de unos meses volvía convertida en un espectro de movimientos indecisos. Aquel día, precisamente, Concha tenía muchas posibilidades de recibir de nuevo el alta, y eso hacía que las demás estuvieran un poco en vilo.

Nada más llegar a la Unidad de Trastornos de la Conducta Alimentaria, la rigurosa UTCA, a Sonia la habían puesto al corriente. Aunque sus edades y sus situaciones familiares eran muy distintas, las pacientes se sentían ligadas por el vínculo común de la enfermedad, y mantenían una especie de tradición oral.

Uno de los casos más dramáticos que se contaban era el de un chico de diecinueve años al que —excepcionalmente, porque la UTCA estaba situada en el edificio de Maternidad, y las demás pacientes pertenecían al sexo femenino— habían permitido ingresar en la unidad. Era de origen alemán, pintaba acuarelas y llevaba días sin probar bocado. Creyendo que aún podría reaccionar y buscar la curación por voluntad propia, el doctor Loayza le había impuesto el privilegio cero. Demasiado tarde, tras comprender su error, había empezado a alimentarlo con sonda. El obstinado joven había muerto a la semana del ingreso, en brazos de su madre. Se decía que poco antes del final había pedido con un hilillo de voz que lo salvasen, que le ayudaran a seguir con vida. Las pacientes más imaginativas soñaban a menudo con él, y pretendían que su fantasma increíblemente delgado vagaba de noche por el pasillo.

Otra historia muy comentada era la de una muchacha llamada Consuelo. Loayza le había concedido el alta provisional al llegar al peso requerido —era un compromiso moral entre las pacientes y él: devolverles la libertad, aunque fuese temporalmente, cuando el esfuerzo personal daba sus frutos—, y ese mismo día, cuando apenas llevaba media hora en su casa, se había suicidado, arrojándose a la calle desde un balcón.

—Yo creo que la empujaron sus padres, al ver que aún no estaba curada del todo —sugería Patricia, la compañera de sala de Beth, que presumía de haber conocido a Consuelo—. No se había convertido en el envoltorio grasiento y sumiso que ellos querían.

Patricia llevaba allí más de un año. Se pasaba el día criticando a sus padres o a los de las otras y trampeando con la comida. Era su manera de manifestar su disconformidad con el mundo. Aunque la encontraba demasiado cínica para su gusto, Sonia, que se dejaba deslumbrar fácilmente por la gente de su edad, admiraba su rebeldía.

Ángela había vuelto. Retiró los termómetros, anotó discretamente las temperaturas y se llevó las fichas. Hasta las ocho no abrían los aseos, que también estaban cerrados con llave. Las despertaban tan pronto porque creían que un horario inflexible les ayudaría a mantener la disciplina.

Sonia se volvió hacia Verónica y sonrió para animarla. Casi se sentía afortunada a su lado. «Al menos yo tuve una buena infancia», pensó. En comparación con su lánguida compañera, se consideraba extravertida y hasta sociable.

Como cabía esperar, Verónica se abstuvo de devolverle la sonrisa y permaneció impasible, acurrucada, con la vista perdida. Se creía abandonada y estaba convencida de que nadie la quería, ni sus padres ni las enfermeras ni mucho menos Sonia, que simplemente intentaba parecer amistosa. Ella pensaba que si los demás la hubiesen querido, no se encontraría allí. ¡Encerrarla porque comía poco, cuando tantas personas, incluida su madre, se volvían locas por adelgazar! Fantaseaba con que un día dejaría de comer del todo, como aquel chico del que tanto hablaban, el pintor de acuarelas, y se moriría.

Sonia se acordó del bosque del sueño. Era su primer sueño en mucho tiempo o, al menos, el primero que podía recordar. Ignoraba si eso significaba algo, pero el hecho de haber vuelto a soñar hacía que se sintiera más tranquila. Meses antes había leído que, si se adelgazaba de manera desmesurada, no sólo se perdía la grasa de las nalgas o de las pantorrillas. Todos los órganos, incluso el cerebro, quedaban afectados y disminuían de tamaño.

El posible deterioro de su inteligencia la había asustado un poco, pero no lo suficiente. Predominaba el deseo de seguir siendo distinta, de rechazar la comida, de evitar a toda costa la empalagosa mantequilla, los aceites superfluos, las grasas. La delgadez, ésa era su llave secreta contra la angustia.

Pero la situación empeoraba. Los síntomas que ella había inventado, para justificar ante los demás la fragilidad de su aspecto, se hacían realidad: cada vez digería peor, se fatigaba más, sufría olvidos y errores incomprensibles. Y había perdido, o eso creía, la capacidad de soñar. Por eso, y pese al desenlace angustioso —esa red de cazar pájaros en la que terminaba enredándose—, el sueño de la noche anterior la tranquilizaba, porque le daba una impresión de normalidad. Si conservaba la capacidad de soñar, aún podría conseguir lo que se propusiera.

Pero los adultos siempre se anticipaban. Se empeñaban en señalarle unos objetivos que no eran los suyos y la acusaban de no saber qué le convenía. Y ella quería estar delgada, muy delgada. Cuando adelgazaba, se sentía más fuerte.

Se destapó, dejó la almohada en el suelo, volvió a tumbarse y se puso a hacer abdominales muy despacio, para evitar que la cama rechinase. Estaba prohibido —en la unidad, hasta la gimnasia constituía un privilegio, que había que ganarse a pulso—, pero no disponía de otro medio para contrarrestar los alimentos que allí les obligaban a ingerir. Y era el momento ideal, porque Ángela aún estaba ocupada haciendo la ronda y las enfermeras de día no habían llegado.

Concluida la serie de abdominales, pedaleó con las piernas en el aire hasta que oyó un rumor de pasos. Miró hacia Verónica de nuevo, aunque sabía que no la delataría. No tenía motivos, y además parecía incapaz de realizar el esfuerzo.

Era jueves, día de pesada. En vano buscó en la mesilla la botella de agua, con sus iniciales escritas en la etiqueta. La propia Ángela había retirado las botellas, para evitar que se bebieran el contenido de golpe. Todas las pacientes utilizaban aquel truco, y Sonia también había recurrido a él infinidad de veces, cuando sabía que sus padres iban a pesarla y también el día del ingreso, poco antes de subir al coche. De nada le había servido; el doctor Loayza desconfiaba por sistema.

Una vez más, Sonia se acordó de su madre.

—Hija, te has quedado como un pajarito —le había dicho aquel día, desconsolada, acariciándole las muñecas casi transparentes.

Y su padre, que era más bien fornido, la había abrazado con precaución, como si temiera que se desarticulase bajo su presión.

Abrieron los aseos. Sonia volvió a pasar por la humillante operación de mostrar el orinal y de vaciarlo, se lavó la cara y las manos y se cepilló el pelo, vigilada de cerca por una ayudante inquisitiva.

Había diez pacientes, repartidas en seis salas. Se desnudaron, se pusieron en fila y, una a una, subieron a aquella báscula de inmenso poder, que influía de manera decisiva en sus destinos. Antes de ingresar, Sonia procuraba que no la viesen desnuda o ligera de ropa, porque se consideraba incapaz de competir con los cuerpos esbeltos de otras chicas. Pero dentro de la unidad le importaba menos. Ninguna tenía buen aspecto. Y, como lo sabían, evitaban mirarse.

La báscula señaló treinta y tres kilos con cien gramos. Un avance precario pero satisfactorio, si se tenía en cuenta que había llegado a la unidad con treinta y dos escasos, y que de esos treinta y dos más de uno, como habían comprobado al volver a pesarla por sorpresa, se debía a la ingestión de agua.

Bebieron con avidez de las botellas que una mano solícita había devuelto a las mesillas de noche, y de nuevo vistieron el pijama azul pálido con el anagrama del hospital, que les servía de uniforme y a todas les quedaba holgado. Para impedir que juguetearan con los alimentos —algunas se empeñaban en desmenuzarlos o en esparcirlos por el plato—, la norma era que cada comida tuviese una duración exacta. El desayuno duraba veinte minutos, al cabo de los cuales se retiraba la mesa.

Sonia masticó sin ganas el pan con mermelada y tragó la leche con esfuerzo; en casa siempre la hervía y retiraba la nata con una cuchara. A su lado, Patricia mojaba el pan en la leche, pero luego lo escurría en el borde externo del tazón, con lo cual iba encharcando el platillo.

—Mira, Soni —le decía a Sonia—, aquí, si no espabilas, te manipulan y te conviertes en una de ellos. Y somos nosotras o son ellos. Una caloría que no tomas es una caloría que no necesitas perder.

Otra chica, de melena rizada y abundante, comprimía las migas, se las llevaba al cabello con un ágil movimiento de los dedos y las dejaba prendidas entre los rizos. Beth masticaba penosamente con la dentadura postiza, y Verónica raspaba una tostada y la mordisqueaba con infinita parsimonia. A los veinte minutos, no la había terminado.

Fueron a la salita, donde las obligaron a permanecer sentadas durante un cuarto de hora, para no malgastar unas calorías ingeridas con tanto esfuerzo. Volvieron al comedor, se tendieron en una estera y se sometieron a una sesión de relajación, estiramientos y masajes, a cargo de una animosa fisioterapeuta, que parecía empeñada en arrancarlas de su pasividad. Luego les permitieron ducharse, y de nuevo las vigilaron para que ninguna tuviese la tentación de vomitar.

Siguiendo una rutina carcelaria, cada una lavó sus prendas a mano. Lo único que Sonia había recibido de sus padres, desde que estaba allí, era un paquete de detergente. Sabía que habían estado allí el día anterior, porque los miércoles era cuando el doctor Loayza se entrevistaba con ellos. Los otros objetos que les había pedido, a través de las enfermeras, se consideraban privilegios y habían pasado directamente al interior de las taquillas, donde permanecían fuera de su alcance: cuadernos de dibujo, una caja de colores al pastel, un frasco de colonia, el hilo de pescar para hacer collares y un saquito de tela con los abalorios.

A media mañana le dieron el alta a Concha, que había recuperado su peso, otra de las valedoras de Sonia en la unidad. Era una mujer de unos cincuenta años, con una expresión dulce y bondadosa. Según le había contado a Sonia, salía siempre con la firme decisión de no volver. Pero su familia la miraba como si les hubiese defraudado, y tenía que mostrarse sana y alegre en cualquier circunstancia, para que no pensasen que había recaído. Nadie se tomaba la molestia de hablar con ella, de conocer sus temores, de compartir sus sentimientos. Al final, el fracaso se hacía inevitable. En casa se encontraba sola. En el hospital contaba con las sesiones de terapia, donde podía comentarlo todo, sin reservas, y tenía la ardua pero gratificante tarea de intentar ayudar a las otras pacientes, mientras se restablecía. Además, se sentía acompañada.

—Suerte —le deseó Sonia al despedirse, y se besaron.

—No es una cuestión de suerte, sino de carácter —replicó Concha—. En mi familia nos hemos acostumbrado a representar unos papeles, y no sabemos cambiarlos por otros. Sería más fácil mudar de piel. Yo tengo mi papel, el de la anoréxica que viene y va, y a ellos les gusta o no les disgusta demasiado. Ahora tengo muchas ganas de verlos, pero, ¿y mañana?

Patricia contaba que a Concha le pegaba su marido. Quizá no eran versiones incompatibles.

Comieron de una a una y media. Tenían que reposar en sus habitaciones hasta las cuatro. Antes de acostarse, Sonia permaneció un rato asomada a la ventana de la sala. Desde el último piso del hospital, los movimientos de la gente parecían tan azarosos como los de las hormigas. Le hubiera gustado respirar el aire del exterior, pero era imposible a menos que una rompiese el cristal. Para que nadie sintiera la tentación de saltar, todas las contraventanas llevaban cerraduras. Y además estaban las rejas.

Abajo, los autobuses centelleaban al sol y los árboles desplegaban sus verdes más delicados y temblorosos. ¡A Sonia le resultaba extraño estar allí, como en el interior de un acuario, tan cerca y tan lejos de todo! ¡Y, sin embargo, había pasado muchos días así el invierno anterior, pensando en sí misma y en las continuas metamorfosis de su cuerpo, inmune a la belleza del paisaje que se veía desde la ventana de su cuarto, en Altura!

Recordó que, cada día, hacia las once de la mañana salvo cuando soplaba poniente, el viento procedente del mar atravesaba los campos de almendros y los olivares y, sin encontrar apenas resistencia, llegaba al chalé convertido en una brisa agradable, un susurro como el de una conversación en voz baja, que sólo se interrumpía al caer la noche. La anorexia le había hecho considerar todo aquel vasto juego de aire suave y colores deslumbrantes con frialdad, con indiferencia. Pero, ahora que no podía disfrutar de ellos y volvía a hacer buen tiempo, Sonia añoraba los árboles del jardín, que contrastaban con la parca vegetación de los alrededores, la compañía de los animales domésticos y la brisa. Al fin y al cabo era su casa, la casa en la que había vivido desde los cuatro años.

Acostada, con la silenciosa Verónica al lado, cerró los ojos y pensó en todo lo que se perdía estando allí, y en lo mucho que ya se había perdido antes de ingresar. Para estar tan delgada había trabajado como una posesa. Había contado cada caloría, había hecho gimnasia hasta la extenuación, se había privado de un sinfín de reuniones y fiestas. Se había recluido tanto y había contado tantas mentiras acerca de dónde estaba y con quién, que ya no debían de quedarle amigas. Por no hablar de los amigos. Se acordó del gesto de pánico de Javi, la última vez que la había visto, y un hilo de lágrimas corrió por sus sienes y le humedeció el pelo, sobre las orejas.

Tendría que haber seguido yendo a clase. Tendría que haber sentido que el futuro se abría ante ella. Primer curso de bachiller, y luego segundo. Unas notas brillantes, que le habrían permitido estudiar Medicina o Biología, como siempre había deseado. Quizá un viaje a Londres, obsequio de unos padres ilusionados y orgullosos, como el que dos años antes había hecho a París con su padre, cuando le dieron un premio cuyo nombre no recordaba.

Pero ya no era una chica laboriosa. Había perdido el equilibrio, la perspectiva. Se había preocupado por pequeñeces, había alzado obstáculos en su propio camino. Y ahora no tenía nada, porque ni siquiera había conseguido el cuerpo perfecto que tan trabajosamente había buscado, y no podía presentarse ante nadie, con sus formas recién adquiridas, y decirle:

—Soy la nueva Sonia.

Volvió a pensar en su infancia como si evocase una película: un niño y una niña jugando en un montón de arena, con un perro. Un día, en la parte alta del jardín, el pequeño Darío se había bajado del montón de arena que compartía con su hermana y se había colocado detrás del coche familiar. Su madre, que iba al volante y no lo veía, empezó a retroceder para dirigirse a la calle.

Sonia gritó con todas sus fuerzas, pero Sigrid no podía oírla porque tenía las ventanillas cerradas. Desde la entrada de la calle, Tulio sí la oyó. Comprendió lo que ocurría y echó a correr pendiente arriba.

Cuando llegó y golpeó la carrocería con la mano, nadie sabía si, bajo el coche, Darío estaba vivo o muerto. Tulio se agachó y lo extrajo, cerca ya de las ruedas delanteras. Darío no tenía un solo rasguño —ni siquiera se le había caído el chupete—, pero al ver los rostros desencajados de su madre y de su hermana, se echó a llorar desconsoladamente. Por intuición o por azar, se había colocado entre las ruedas traseras, que apenas le habían rozado. Mucho después, el mero recuerdo de la escena sobresaltaba a los padres.

—Te salvé la vida —le decía Sonia a su hermano, años después—. Si yo no hubiera gritado, papá no se habría dado la vuelta y no te habría visto.

—¿Y quién dejó que me bajase del montón de arena y me pusiera detrás del coche? —preguntaba Darío, que no quería deberle nada.

Poco a poco, un pequeño zoo había surgido en torno al chalé. Primero *Nerón,* luego los gatos, los peces y las ranas del estanque, los pájaros exóticos. *Nerón* contemplaba con recelo a los gatos intrusos: gatos que iban naciendo, que se presentaban allí por sus propios medios o que les regalaban. Habían llegado a tener más de doce, pero ahora sólo quedaban cinco.

Sonia visualizó a *Ramsés,* un gran siamés de dientes afilados y cola corta y retorcida como un sacacorchos, que había aparecido una noche de tormenta y era experto en la caza de ratones y de serpientes, y a *Platón,* un macho plateado de pelo largo, con un manto, que parecía una pechera, y una cola esponjosa, que enarbolaba como un estandarte. A veces Sonia sentía celos de *Platón,* porque su madre se encerraba con él en su dormitorio, donde tenía el comedero y la cuna, y se pasaba horas cepillándolo.

A los trece años, el mundo aún parecía un lugar prometedor. Sonia destacaba en dibujo y en matemáticas. Había ganado dos medallas en un campeonato escolar de natación y había llorado al quedar tercera en una carrera de corta distancia. Su padre, habitualmente tan poco expresivo, la había jaleado desde las gradas. Su madre le dijo que siempre habían querido tener a una hija como ella, que el tercer puesto era tan bueno como el primero o aún mejor, porque la gente no llegaba a envidiarte.

La unidad seguía en calma. Verónica estaba en plena siesta. Sonia hizo otra serie de abdominales y se adormiló también, hasta que las llamaron para la merienda.

Luego, una enfermera le entregó la lista de privilegios. A los treinta y tres kilos y medio, le dejarían recibir una llamada telefónica por semana. A los treinta y cuatro y medio, una llamada diaria. A los treinta y seis le permitirían escribir cartas y recibir visitas, al principio en el comedor y luego fuera de la unidad, en una sala contigua. La lista continuaba hasta los cuarenta y dos kilos, meta teórica en la que le permitirían marcharse, con controles esporádicos, antes de darle el alta definitiva. Cualquier retroceso significaba, como era previsible, la pérdida de los privilegios adquiridos.

Así que sabía a qué atenerse. Podía administrar su delgadez como le conviniera, y permanecer allí eternamente o bien salir al cabo de un par de meses, si su cuerpo conseguía superar las barreras que lo atenazaban. En cualquier caso, los abdominales le ayudarían a mantenerse en forma.

Antes de la cena les dejaron pasear por el pasillo, arriba y abajo, durante diez minutos. Aunque el alta de Concha había producido algunos desplazamientos en las otras salas, Sonia seguía estando con Verónica. Una de las habitaciones individuales, la sala número seis, se encontraba cerrada, pero aún así se oían gemidos y voces airadas procedentes del interior. Al parecer, también el doctor Loayza se hallaba dentro. Alguien había ingresado esa misma tarde, a la hora de la siesta. Las enfermeras callaban cuando se les preguntaba.

Debía de tratarse de una paciente muy conflictiva, porque no se presentó a la cena.

En la unidad existía la costumbre de dormir con las puertas abiertas. Esa noche en cambio, al hacer la ronda, Ángela cerró todas las salas.

De madrugada, un grito desgarró los oídos de Sonia. Era un chillido que traspasaba las puertas, enmudecía, volvía a sonar al cabo de un rato y cambiaba de intensidad, como una sirena o una alarma.

Verónica se había incorporado, asustada. Se oyeron carreras por el pasillo. Sonia imaginó las correas, los sobresaltos, el despliegue de fuerzas inútiles, la temible sonda con la que el doctor Loayza amenazaba a todas las recién llegadas:

—Si no comes, te pondré la sonda.

¿En qué estado se encontraría aquella mujer, quienquiera que fuese, para que le negasen la oportunidad de decidir por sí misma?

LA TERAPIA

—Levanta —volvió a decirle Ángela, y le dio el termómetro.

Esta vez, el rictus no era de cansancio sino de derrota. Acababa de transcurrir una noche muy dura, y a veces incluso una enfermera veterana como Ángela tenía la impresión, al cabo de la jornada, de que el principal enemigo no era la enfermedad, sino el poco aprecio que algunas personas sentían por sus vidas, y el empeño que ponían en perderlas o en malograrlas.

Tras el sobresalto, las chicas habían seguido durmiendo, ayudadas por los fármacos paliativos, antidepresivos y sedantes, que les suministraban al acostarse. La primera noticia sobre la nueva paciente la transmitió Patricia precipitadamente, durante el desayuno:

—Son dos, la madre y la hija, las dos anoréxicas. Ésta es la madre, claro.

—¿Y la hija? —preguntó Sonia.

—No lo sé. Sólo he podido enterarme de que nunca las dejan juntas, porque se refuerzan entre sí. La hija estará internada en otro centro, o en casa. ¡Imaginaos, con una madre como ésa! Creo que rechaza hasta la sonda.

—Yo no quisiera tener a mi madre aquí, pero sólo porque me gusta imaginarla feliz, en casa, lejos de esto —aventuró Amina, una chica de origen marroquí, de ojos muy grandes y voz cálida, que intentaba ser jovial.

—El problema es que hay pocas plazas —dijo Beth, procurando no abrir demasiado la boca para ocultar sus encías enrojecidas—. Si empiezan a venir nuestras madres, no habrá sitio para nosotras.

—Siempre habrá sitio para nosotras —replicó Patricia—. No dejarán que desaparezcamos, porque sería su fracaso.

—¿Y si al final somos más que ellos? —propuso Beth.

—¡Delgadas al poder! —exclamó Patricia, exultante.

La ayudante que las vigilaba, y que llevaba un rato escuchándolas, perdió la paciencia. Pero no sabía a quién reñir.

—¡Verónica, deja ya de jugar con el pan! —dijo por fin.

Se miraron unas a otras y siguieron desayunando o fingiendo que lo hacían.

Al salir del comedor se cruzaron en el pasillo con la recién llegada. Una ayudante la llevaba en una silla de ruedas, camino del baño. Era una mujer de aspecto esquelético, con grandes ojeras, la boca babeante y dos manchas rojas en la nariz, donde había estado la sonda que aquella noche se había arrancado repetidas veces. Sus brazos, por lo que se adivinaba de ellos, tenían el grosor de un palo de escoba. Llevaba el pijama azul pálido del centro, lo que acentuaba la incongruencia de su figura. Era como si se hubiese disfrazado de niña.

La aparición impresionó particularmente a Sonia, que se detuvo y se quedó mirándola con tal fijeza que la propia anciana se dio cuenta y la increpó con rudeza:

—¿Qué, niña? ¿Nunca has visto a una bruja?

Sonia comprendió que le convenía hablar con Loayza, y pidió cita para esa misma mañana. No le tocaba la sesión de terapia hasta el lunes siguiente, pero eso significaba aguardar demasiado tiempo. Y ella no quería acabar como aquella anciana babeante ni como el joven de origen alemán que había muerto abrazado a su madre. Algunas chicas, como Patricia, preferían permanecer indefinidamente en la unidad a comer de una manera equilibrada, o tenían la esperanza de acabar convenciendo a las enfermeras y a los médicos de que estaban curadas. Sonia, en cambio, ya había advertido que eso era imposible. Fuera de allí, una podía engañar a mucha gente, porque en principio pocas personas desconfiaban de una chica. Pero la unidad carecía de fisuras; tenía la solidez de una fortaleza. Hasta morir era difícil allí, como seguramente había descubierto Consuelo, que había esperado a recibir el alta para suicidarse. En los casos extremos, aislaban a la paciente y la obligaban a comer, como estaban haciendo con la anciana. Y la paciente vivía a su pesar o moría, lo cual también era una forma de abandonar la unidad.

Cuando le dijeron que Loayza estaba disponible y la recibiría, se puso muy contenta. Quería manifestarle su buena disposición, decirle que se atendría a las reglas, que cooperaría.

Loayza era un hombre robusto, rubicundo, con una barba corta y tupida. El trato continuado con las enfermas le causaba tal ansiedad que últimamente comía en exceso, y estaba engordando.

—La alegre Sonia. Siéntate. ¿Querías verme?

Sonia pensó que tenía la mirada vidriosa y cansina, como si tampoco hubiera pasado una buena noche.

—Se trata de Verónica, mi compañera. La he pillado bebiéndose mi agua y usando mi cepillo del pelo.

—Y eso te molesta.

—Lo del agua sí, porque sólo tenemos una botella para todo el día. Me explicó que no se había fijado en el nombre. No quise insistir, por si se deprime más de la cuenta.

—¿Por qué crees que lo hace?

—No sé... Tú eres el médico —le dijo Sonia, tuteándole con desparpajo.

—¿Te acuerdas de lo que me dijiste cuando hablamos por primera vez, cuando te pregunté por qué querías estar tan delgada? —Sonia se encogió de hombros, incapaz de recordar todo lo que había dicho aquel día—. Que lo habías hecho para llamar la atención. Pues yo creo que Verónica se bebe tu agua y usa tu cepillo precisamente para eso, para llamar tu atención. Te pone a prueba y espera a ver cómo reaccionas. —Intentaba ser claro, didáctico—. Por eso os colocamos juntas, para que no podáis ignoraros. Tú la observas y ella te observa. Es la misma enfermedad, pero cada una la expresa de un modo.

—No estoy muy segura de que ella me observe del mismo modo —comentó Sonia—. Cuando estamos acostadas y mira en mi dirección, es como si viese a través de mí y yo no existiera.

—Si no le importaras, no usaría tus cosas. ¿Quieres que te cambiemos de sala?

—¡No, no! —protestó Sonia, ante la idea de compartir habitación con Patricia o con Chelo.

—Les diré que hoy te den otra botella de agua. Pero no querrías verme sólo por lo de Verónica. —Loayza consultó la ficha que tenía sobre la mesa—. ¡Ya llevas diez días con nosotros! No has subido mucho... Treinta y tres kilos con cien... ¿Te notas mejor?

—Mejor que en casa, sí. Allí no sabía qué hacer.

—Estas cosas no pueden tratarse en casa —afirmó Loayza, con la convicción de una larga experiencia.

—Las chicas dicen que voy bien, que me he adaptado. A ellas les costó más empezar a comer.

—¡Empezar a comer! ¡Qué optimismo! Algunas ni siquiera lo han intentado aún.

Le preguntó si dormía bien.

—Muy bien. Pero dormiría mejor si me quitaras los sedantes —respondió ella, intentando dar un tono de persuasión a sus palabras.

La verdad era que desconfiaba de aquellas pastillas y temía que modificasen gradualmente su voluntad.

Loayza negó con la cabeza. Prefería que pasara algo más de tiempo, dijo.

De la pared colgaba un reloj de largas saetas, con un segundero rojo. Loayza comprobó que aún disponía de media hora antes de salir hacia la facultad, donde dirigía un seminario. ¿Qué le parecía si hacían algo de terapia? En la última sesión habían avanzado muy poco.

Sonia asintió. Loayza abrió un cajón y extrajo un cuestionario, que ya había sido contestado parcialmente a mano. Al colocarlo sobre la mesa, observó que Sonia se retraía.

—Preferiría que no me hicieses preguntas concretas —objetó ella, alzando una mano—. Hoy no. Me gusta más cuando hablo yo sola. Si al menos me preguntaras sobre otra cosa, pero no sobre mí... Cuando me preguntas sobre mí, es como si me quedara en blanco.

Loayza reflexionó brevemente. Conocía bien las artimañas de las anoréxicas, y sabía que eran capaces de todo con tal de salirse con la suya. Pero había algo en aquella chica que parecía espontáneo, transparente y sencillo. Sentía la tentación, muy poco profesional por su parte, de creerla. El mismo día del ingreso, en estado de desnutrición avanzada y cuando apenas se tenía en pie, había implorado que le diesen el alta.

—Sólo pido una oportunidad —les había dicho, con el rostro demacrado y empequeñecido, a él y al doctor Tuñón, el otro médico responsable de la unidad—. Yo no puedo soportar esto. Me moriría si me quedara aquí. Por favor. Comeré bien a partir de ahora.

Era imposible hacerle caso, por supuesto, pero resultaba conmovedor. Aun sabiendo que les mentía deliberadamente, era de una inocencia asombrosa. Tuvieron que explicarle que sus padres habían firmado la autorización, y que ahora la ley les obligaba a hacerse cargo de ella. Cuando Sonia comprendió que no podía convencerles, su rostro se transformó. Fue como si se marchitase de pronto y sus pupilas se abismaran. Como si tras su rostro aparente hubiera otro, y luego otro.

—Entiendo que algunas preguntas te parezcan tontas —le dijo ahora—, pero a nosotros nos ayudan a evaluar la enfermedad. Son cuestionarios tipo... —De pronto le apremió la curiosidad por escuchar lo que Sonia deseaba contarle por sí misma—. No obstante, y como parte de la terapia, dejaré que hables durante un rato, y yo tomaré notas. Empieza cuando quieras.

Sonia miró al suelo, mientras luchaba por expresarse. Intuía que le costaría pronunciar las primeras frases, pero que luego la corriente verbal fluiría con naturalidad. A menudo había intercambiado confidencias con sus amigas, con Rosa María, con Paula, con Elsa, que era la más antigua —la conocía desde los cinco años—, pero nunca con un extraño ni con sus padres. A ellos nunca les contaba nada por propia iniciativa. Siempre había esperado que le preguntaran o que lo averiguasen por sí mismos. Y con las anoréxicas de la unidad sólo hablaba de comida, de dietas y de la maldad endémica de los adultos. Tenían algo de razón, por supuesto. Como habían llegado antes, los adultos habían tenido tiempo para estropearlo todo. ¿Acaso no era su sistema, o el rechazo a ese sistema, lo que las había hecho a ellas así? ¿Acaso estaban haciendo algo para evitar el hambre en el mundo, la pobreza, el cambio climático, la extinción de las ballenas? ¡Y esa gente pretendía curarles, y que ellas tragaran con todo! ¡Si ni siquiera habían sabido escribir bien el rótulo de entrada! «¡Transtornos!», pensó con desdén.

Pero también era cierto que había muchos aspectos que a ellas se les escapaban. Aspectos relacionados con el poder, con cierto sentido de la realidad, del conocimiento. Como habían llegado antes, los adultos también habían tenido tiempo para aprender más. De un modo intuitivo, Sonia pensaba que, al exponerle sus cuitas a Loayza, su propio pensamiento se ordenaría.

Tal como ella lo veía, el drama había empezado poco después de tener la regla por primera vez. Se había desnudado ante el espejo de su habitación, ingenuamente convencida de que iba a encontrarse con una figura de modelo perfecta, rematada por una cabeza de larga melena y un rostro atractivo, y había descubierto o creído descubrir que tenía las piernas gruesas y el trasero bajo, y que sus senos no habían alcanzado ni la forma ni el tamaño de los de sus amigas. Quizá otra chica lo hubiera asumido, pero Sonia no. Sus padres eran exigentes respecto a sí mismos, y ella también lo era.

Se subió a la báscula. Tenía el peso ideal para su estatura y su edad, pero se imaginaba desproporcionada. Allí estaban, para certificar su falta de armonía, las mujeres altas y esbeltas de las revistas de moda y de los anuncios televisivos de perfumes, de medias, de espumas de baño, de yogures adelgazantes, incluso de viajes a playas exóticas.

Hasta entonces ella había manifestado predilección por la comida típicamente juvenil: las hamburguesas, el chocolate, los donuts, los gofres cubiertos de chocolate. Tomaba cacao en el desayuno, y coca-cola el resto del día.

Consultó las tablas de calorías y se alarmó. Como suponía que esa alimentación hipercalórica era la culpable de sus imperfecciones corporales, decidió sustituirla por un régimen de frutas y verduras. Desayunaba poco o no desayunaba. Aborrecía la comida del colegio, platos de macarrones y guisos de carne que imaginaba rebosantes de grasa, y le pedía a su madre que a mediodía bajase a recogerla y la volviese a llevar al colegio por la tarde. En casa envolvía el pescado o la carne en una servilleta de papel. Cuando nadie la observaba, la tiraba al retrete o le daba el contenido a *Nerón*. A la hora de cenar se refugiaba en su cuarto, con el pretexto de estudiar, y se contentaba con una manzana verde o un albaricoque.

Durante años se mantuvo en torno a los cuarenta y cinco kilos. Pero al empezar Cuarto de ESO tuvo que dejar el colegio, donde ese curso no existía, para ir a un instituto de Benivent, estratégicamente rodeado de panaderías y pastelerías. Mantenía su régimen austero, pero lo alternaba con atracones de dulces y golosinas. En las revistas encontraba consejos de dietas seductoras, de efectos milagrosos, que intentaba seguir. Su rendimiento escolar no bajaba, pero empezaba a tener dificultades de concentración. Ni su madre ni su padre advertían nada, absortos como estaban, él en su trabajo literario y en sus aficiones y ella en la contabilidad y en el mantenimiento de la casa. Para no destruir la hermosa tranquilidad de la familia —al menos, ése fue uno de los pretextos que esgrimió al ser descubierta—, Sonia callaba.

Ese año al padre le fue asombrosamente bien —incluso le dieron un premio importante—, y para celebrarlo Sonia y él viajaron a París —la madre quería quedarse a cuidar de *Platón,* y Darío a jugar y a navegar con su nuevo ordenador— y se hospedaron en un hotelillo cercano al cementerio de Père Lachaise, donde muchos años antes, a la edad de su hija, Tulio había pasado un mes memorable con sus padres.

Una tarde se acercaron a la Défense, y desde la plataforma de mármol sobre la que se alza el Gran Arco miraron hacia el Este y sintieron un vértigo de siglos, porque a lo lejos se veía el Arco de Triunfo de Napoleón y, aún más lejos, el Arco del Carrousel y el Louvre, todo perfectamente alineado. Ante el espectáculo de aquella portentosa planificación, que parecía haber sido transmitida de unos arquitectos a otros, Sonia sintió el deseo de que su vida también pudiera ser así: prolongada, límpida, perfecta. En el hueco central del gigantesco arco, una nube blanca de teflón mitigaba algo el fuerte viento que cruzaba aquel barrio de rascacielos.

En verano Sonia pesaba cuarenta y seis kilos y medio, y estaba avergonzada por haber sido tan indulgente consigo misma. Pero elaboró una cuidadosa estrategia. Animó a su madre a pintar al óleo —de tarde en tarde, la madre se hacía la ilusión de que podría pintar con cierta continuidad y de que sus cuadros se venderían— y, con el doble pretexto de que el padre había engordado algo y había que cuidarlo, y de que ella quería aprender a cocinar, se hizo cargo de la cocina. La madre cedió, aunque algo en su interior le decía que no era una buena idea. Y, durante los meses siguientes, Sonia se dedicó a cocinar platos copiosos para Darío y para su madre, a quienes intentaba inculcar la idea de que estaban demasiado delgados, y mucho más ligeros para su padre. En cuanto a ella, se preparaba un plato de espaguetis o un sabroso bocadillo, y los olfateaba o mordisqueaba antes de tirarlos a la basura o de dárselos al perro.

Al acabar el verano pesaba cuarenta y dos kilos, y había perdido la regla. Su primera reacción fue de pánico. Pero, como continuaba creyendo que tenía los muslos excesivamente gruesos, dejó de almorzar y de merendar. Había leído que una dieta de mil calorías no debía practicarse más de una semana, pero eso no parecía aplicarse a ella, porque no ingería más de ochocientas y se sentía bien. Imaginaba que su cuerpo era distinto, que a ella le costaba adelgazar más que a las otras.

Empezó el bachiller con una sensación de fracaso. Siempre había obtenido calificaciones excelentes, pero daba la impresión de que eso no sirviera de nada: detrás siempre había otra meta y luego otra. Sabía que sus padres esperaban resultados, pero ya no estaba segura de poder ofrecérselos. ¿Y qué pasaría si fracasaba? ¿Dejarían de quererla o de hablarle? Empezó a imaginar que los profesores le exigían más, que se equivocaban al calificar sus exámenes, que la acosaban. Algunas noches, como su cuerpo desajustado le impedía dormir, se quedaba estudiando. Llegaba a clase atontada y no entendía nada.

Sus relaciones también se habían resentido, en parte, al menos eso creía ella, a causa de su pérdida del sentido del humor. Cuando iba al cine y veía una comedia, nada le hacía gracia, y se volvía hacia sus amigas, intentando discernir si sus risas eran auténticas. Lo mismo le ocurría en casa, con sus padres y con Darío. Series de televisión que siempre le habían provocado carcajadas ahora le parecían insulsas e insoportables.

Poco después, la incompatibilidad se hizo más intensa. Le irritaban las costumbres de los otros, sus voces, su mera presencia. Cuando Darío entraba en una habitación, ella salía. Si estaba sola en casa, deambulaba a gusto por todas partes. Pero, si había alguien más, se encerraba en su cuarto, miraba por la ventana y sólo veía las rejas ominosas y las ramas del almendro, que el viento agitaba.

Con sus amigas, todo iba bien hasta que le invadía una duda insoportable. ¿Y si no querían verla, porque la encontraban desmejorada y triste, y sólo aceptaban su compañía para no ofenderla? Necesitaba continuas muestras de afecto. Si no las recibía, se sentía desplazada y ridícula. Para mayor engorro, tenía la impresión de no pertenecer a ningún lugar ni a ninguna clase. Por un lado estaba la montaña y, por otro, el llano. Sentía que no pertenecía del todo a un lugar ni tampoco al otro. Era como una hoja movida caprichosamente por el viento, tan pronto hacia arriba como hacia abajo.

Hasta ese momento, Loayza había escuchado un relato que, pese a las diferencias circunstanciales, se parecía al de decenas de adolescentes: una joven en busca de sí misma se adentraba en el camino de la vida, dudaba y se perdía. Pero al oír aquello no pudo menos que intervenir:

—¿La montaña y el llano? —preguntó.

—Sí, eso es —asintió Sonia, y Loayza hizo un gesto de incomprensión—. La montaña es Altura, donde vivo yo, y el llano es Benivent, donde está el instituto y donde viven la mayoría de mis amigas, salvo Elsa. «Me voy al llano», decimos cuando bajamos al pueblo, o: «Me vuelvo a la montaña», cuando subimos. La gente de Benivent suele pensar que los que vivimos arriba somos unos pijos, que tenemos de todo y no queremos mezclarnos con ellos. Y es verdad que en Altura hay muchas familias con dinero, que viven en grandes casas y envían a sus hijos a colegios de élite.

—No es tu caso.

—No, no... Mi padre no tiene un sueldo fijo. Trabaja mucho, y por eso tenemos un chalé allá arriba. Hay años peores y años mejores, como dice mi madre.

—¿Te habría gustado ir a uno de esos colegios?

Sonia se quedó pensando.

—No lo sé. Es verdad que los chicos de Altura son unos pijos, con sus motos y su ropa de marca. Parece como si todos hubieran salido del mismo molde. Los de Benivent son más simpáticos y quizá más espontáneos, pero los encuentro algo simplones. Quizá no es tan malo vivir en un sitio y estudiar en otro, porque así eres consciente de que hay dos mundos. Pero resulta complicado no pertenecer a ninguno. Nunca he podido salir al mismo tiempo con todas mis amigas, porque no se llevan bien entre ellas. Y tampoco me he atrevido a decirles a las de arriba que salía con las de abajo, ni al revés, porque se habrían enfadado.

—Y tú crees que es porque unas viven en la montaña y otras en el llano...

—Eso creo, sí. Hay un resentimiento, porque el ayuntamiento está en Benivent, que es donde se deciden las cosas y están todos los servicios públicos. Entre mi casa y Benivent hay unos cinco kilómetros, que se convierten en siete o más hasta la estación de tren. Y no hay servicio de autobuses. En mi caso, mi madre tiene que bajar cada vez a recogerme. Además, es verdad que la gente de cada sitio es distinta y se preocupa por otras cosas... Pero al final yo no salía con nadie. Los viernes por la tarde les decía a mis padres que salía con mis amigas, y me iba a Alicante, sola, en el tren. Pasaba el tiempo recorriendo las calles y yendo de un barrio a otro. Me sentaba en un banco de la Explanada, mirando al mar, o me iba a la playa, al Postiguet...

»Un día, al pasar junto a un centro de caridad, un hombre que estaba en la puerta se apiadó de mí y, creyendo que era pobre, me dio un vale de comida. Yo debía tener un aspecto espantoso, porque llevaba horas andando, sin comer ni beber. Aún tengo ese vale en mi cuarto, si mi madre no lo ha tirado. —Hizo una pausa, como si no pudiese apartar la escena de su mente—. No entendía lo que pasaba. Me encontraba fuerte y volvía a casa andando desde el instituto, lo cual es más de una hora de camino, pero llegaba convertida en un cadáver, con los dientes castañeteando y dolores en el vientre y en las piernas. Como llevaba mucha ropa encima, dos jerseys y unos pantalones sobre otros, mis padres seguían sin darse cuenta...

»Tuvimos un examen de inglés, que me salió bastante bien. Mi amiga Rosa María, que es muy competitiva, comparó mi examen con el suyo y se dio cuenta de que habíamos contestado lo mismo en todo, pero a mí me habían puesto un sobresaliente y a ella un notable. "Déjame el examen —me dijo— para que se lo enseñe a Pulido y me suba la nota." Pulido era el profesor de inglés. Le pedí que no lo hiciera, porque nunca suben la nota, sólo la bajan, pero no me hizo caso. Pulido revisó los exámenes, dijo que el mío estaba mal calificado y me bajó la nota. Rosa María se disculpó, pero yo estaba muy triste, porque cada vez me costaba más estudiar, y por una vez que me habían puesto mejor nota que a ella...

»Esa tarde descolgué el espejo de mi habitación y le pedí a mi madre que se lo llevara. "No me gusta el marco", le dije. En aquel espejo me había visto de niña, cuando todos me querían porque era guapa y me encontraban graciosa. Luego, a los diez años, me había mirado intensamente y le había pedido que me enseñase el futuro, que me dijese cómo iba a ser de mayor, cuando fuera una chica. Me hubiera gustado oírle decir: «Bella, atractiva, interesante». El espejo, claro, se había callado. Pero ahora me mostraba en qué me había convertido, y lo que veía no me gustaba. No era yo o, al menos, yo no me sentía así. Y, si yo no me gustaba, tampoco me gustaba lo que tenía alrededor. Quería escapar de todo y de todos. Quería suicidarme.

Alzó la cara, impresionada por sus propias palabras, y miró a Loayza como si buscara algún tipo de perdón o absolución. Pero el psiquiatra era un hombre práctico. Volvió a consultar el reloj de pared y carraspeó.

—A la una tengo una clase —dijo—. Si quieres, el lunes seguimos.

Sonia se levantó, titubeante pero satisfecha. Contar algo era como soltar lastre. Cuando lo hacía, enseguida se sentía más ligera.

Loayza se cambió de chaqueta para irse también, mientras miraba por la ventana el vasto panorama de la ciudad de Alicante y la mole amarillenta del Benacantil. ¿Quién no había experimentado alguna vez, a los dieciséis años, la tentación de suicidarse? ¡Qué fácil era despreciar lo que uno aún no conocía y, por tanto, no había aprendido a valorar! Pero ¿no equivalía la anorexia, en sus casos extremos, a una forma lenta de suicidio? Por un lado, las pacientes intentaban seguir la moda seductora de los cuerpos esbeltos; por otro, protestaban contra los cánones de la belleza ideal. La contradicción nunca se resolvía. No se atrevían a abrirse las venas ni a arrojarse a una vía, como hubieran hecho en otros siglos, sino que recurrían a un método mucho más engañoso: alternativamente ayunaban y se daban atracones. Un día o una noche llegaban allí, a la UTCA, convertidas en un saco de huesos que había que recomponer, como las piezas de un rompecabezas. Y el doctor procedía a juntar las piezas. Pero las pacientes no se conformaban. No buscaban la reconstrucción del rompecabezas, sino su destrucción definitiva. Y, cuando regresaban a casa, reincidían o acudían a procedimientos más drásticos, como Consuelo.

EL CONEJO ENANO

—¡Sonia! —exclamó la enfermera, en tono de sorpresa. Como si hubiese recibido un disparo, la joven cayó hacia atrás, sobre la cama, y se quedó inmóvil, con los ojos cerrados—. Ya veo que tampoco tú quieres curarte. Ayer casi te pillé, y hoy... ¿No entiendes que el daño te lo haces a ti misma? Creía que eras más inteligente.

Sonia calló. Hacía ejercicios de abdominales tres veces al día, y sabía que tarde o temprano acabarían descubriéndola. Lo que le apenaba era haber defraudado a Ángela, haberle dado motivos para que la reprendiera. Si se pudiese rebobinar el pasado, como si se tratara de una cinta de vídeo, y borrar los últimos minutos... Pero seguro que se empezaría a retroceder y a retroceder, y nunca se daría por satisfecha. Además, el ejercicio era lo que la mantenía viva.

Poco después volvieron a pesarlas. Sonia llegó a treinta y tres kilos con seiscientos gramos, lo que le daba derecho a una llamada telefónica semanal. Pero, como luego comprobaría, ese derecho quedaba invalidado por la infracción que acababa de cometer. Loayza se lo planteó con claridad:

—Aquí, básicamente, seguimos el método conductista. Podrá parecer poco sutil, pero es el que nos permite obtener resultados en menos tiempo. Si la paciente progresa, le concedemos unos privilegios. Si no progresa, se los quitamos o nos abstenemos de dárselos. En tu caso será lo segundo. Tendrás que demostrar tu voluntad de mejora.

Estaban otra vez en el despacho del doctor, con la mesa de por medio. Por la ventana, tras la cabeza hirsuta del psiquiatra, Sonia veía un cielo encapotado y pastoso, como de hojaldre.

—Ya he demostrado mi voluntad —replicó Sonia—. Lo que pasa es que quiero mejorar, de verdad, ponerme en forma. Si no me siento bien, no valgo nada.

—Hace dos semanas estabas a punto de morirte. Tú crees que ya puedes confiarte, pero nosotros no. No hasta que tengas un peso razonable. Un par de días malos, una gripe, y vuelves donde estabas. Tampoco se trata de que sobrevivas con dificultad, sino de que puedas salir de aquí y curarte del todo. Un día me dijiste que querías estudiar Medicina.

—O Biología, no estoy segura. Depende —dijo Sonia en voz más baja, como si en aquel contexto le costara mantener sus esperanzas intactas.

—Un médico tiene que ser responsable. No puede hacer lo que le plazca. También un paciente tiene que ser responsable. —Se echó hacia atrás en su sillón, como si se alejara—. Lo último que me dijiste, el otro día, es que habías querido suicidarte.

Sonia hizo un esfuerzo de acomodación. Esa mañana, y tras el incidente con Ángela, el pasado le parecía menos accesible.

—A ratos, sí. Más que suicidarme, porque nunca llegué a pensarlo seriamente, lo que me pasaba es que no quería estar viva. Me costaba seguir. Quizá —aventuró, con un destello de ironía en los ojos— ya pesaba demasiado poco como para sentirme atada a nada. Casi todas mis amigas tenían un novio o un ligue. A algunos yo los había conocido antes que ellas, pero no se fijaban en mí o no me llevaba bien con ellos. Mi amiga Elsa, que no podía entender lo que me ocurría, me animó a salir con algunos chicos. Elsa es de esas personas a las que la palabra amor les da risa. Dice que es una antigualla, que no existe y que debería estar prohibido llamarlo así, que lo importante es pasarlo bien. Ella iba por su segundo novio. Me había quitado uno que me gustaba, pero con el que tampoco me decidía a salir, y ya lo había dejado por otro. Fumaban a escondidas: tabaco, porros... Yo estaba confusa. Miraba a mis padres y, aunque sabía que se querían, todo me resultaba demasiado falso y convencional. Cuando estaba con ellos, en el comedor o en el salón, a veces me entraban deseos de gritar. Era como si actuáramos, como si no tuviéramos nada que compartir salvo las habitaciones y los muebles.

Mientras hablaba, Sonia recordó lo que Concha le había contado acerca de su familia y de los papeles que unos y otros parecían haberse adjudicado para siempre.

—A veces me pregunto cómo se comportarán mis padres cuando mi hermano y yo no estamos delante, si harán el amor, supongo que sí, y todo eso... Una noche, un chico me acompañó a casa. Por el camino, nos sentamos en un muro bajo y me besó. —Miró a Loayza, como para asegurarse de que estaba atendiendo y merecía sus confidencias—. No sé qué esperaba de aquel beso, pero no me gustó. Le olía el aliento y sentí como si me llenara de saliva. Me pareció... Es una tontería, pero pensé que los labios de las personas están mal hechos para los besos. El chico me gustaba, pero... Quizá las personas sólo deberían besarse cuando se quieren.

Loayza se quedó admirado ante la conclusión, que se le antojaba muy heterodoxa para una joven.

—Ese chico, ¿es de la montaña o del valle? Quiero decir del llano.

—De la montaña.

—¿Un pijo, entonces?

—Sí, un pijo... Había otro chico, Javi, que iba conmigo al instituto. O al menos debía haber ido. Siempre estaba pelándose las clases, pero volvía para hablar conmigo en los descansos y se iba otra vez cuando sonaba la campanilla. Hablaba sin parar, principalmente de sí mismo y de su familia. Su padre es concejal en el Ayuntamiento de Benivent y él lo desprecia por eso, porque Javi está en contra del poder, de toda forma de poder, y de cualquier gobierno. Nunca se pierde una manifestación, sea contra quien sea. Y no siente ninguna simpatía por la gente de Altura. Decía que nos creemos más importantes sólo porque vivimos arriba. Le molestaba mucho que, los fines de semana, mis padres me obligasen a estar en casa antes de las doce de la noche, y estaba empeñado en que los dejase. No sé cómo iba a dejarlos.

—Y ese Javi te gusta más.

Sonia se encogió de hombros.

—Siempre nos gustan más las personas que nos hacen más caso.

—¡Pero si dices que sólo hablaba de sí mismo!

—También me escuchaba cuando le hablaba de mí y de mis padres. De todos modos, no salía formalmente ni con Javi ni con Eduardo.

—¿Eduardo?

—El chico del beso. Yo seguía estando sola. Me habría gustado estar rodeada de amigas y de amigos y, al mismo tiempo, conservar mi soledad. Pero no me sentía cómoda con ellos y ya había escogido la soledad, aunque nadie lo sabía. Era como si estar sola fuera la única manera de controlar mi vida, o de evitar que otros la controlaran. Pero prescindir de mi familia era mucho más difícil.

»Mi padre tenía la costumbre, desde que era pequeña, de echarse de vez en cuando sobre mi madre o sobre mí, para abrazarnos y cubrirnos de besos. Creo que lo hacía para relajarse, porque enseguida se ponía otra vez a escribir. Un día le dije que ya estaba bien, que no era una niña, que me hacía daño y que al menos debía afeitarse. Me miró con un gesto de incomprensión, pero no dijo nada. Ya sabes que mi padre nunca se enfada, o casi nunca. Mi madre y mi hermano, en cambio, son capaces de soltarte cualquier cosa a la cara, pero enseguida se tranquilizan. Están acostumbrados a pasar con facilidad de un estado a otro. A mí, cualquier salida de tono me hacía llorar. "Sonia, ya está bien, deja de remover la ensalada", me decía mi madre, o "Sonia, ¿te has vuelto loca? Deja ya de comprar bombones" o "¡No recortes más el filete! ¿Se puede saber qué te ocurre con la comida?". Luego era muy cariñosa, pero eso a mí ya no me servía. Cada noche acababa encerrándome en mi cuarto y llorando hasta que me dolían los ojos. Despierta, soñaba que volvía a ser una niña y que mis padres me leían en voz alta. De paso, me libraba de la cena.

—¿Por qué no querías que tu padre te abrazase?

—No era sólo mi padre. También mi madre. Temía que se diesen cuenta de lo flaca que estaba. Pero hay algo más. No sé si es el deseo de soledad o qué, pero, últimamente, la idea de que puedan tocarme me desagrada. Y tampoco me gusta nada que me miren. Me siento vigilada... Una tarde, en noviembre, daba vueltas por Alicante cuando, en el escaparate de una tienda de animales, vi unos conejos enanos y me detuve. Eran unos conejos preciosos, de orejas muy cortas y nariz chata. Uno de ellos tenía el pelo gris oscuro y los ojos negros. Se acercó al escaparate, se puso en pie y parpadeó con la nariz como si me olfateara. Yo no sabía entonces, y sigo sin saberlo, si el amor vale la pena o no, pero me enamoré perdidamente de él.

—Has dicho un conejo enano. Querrás decir un conejo pequeño.

—No, no. No son conejos corrientes ni tampoco conejillos de Indias. Los conejos enanos son una raza aparte, que crece muy poco. Son rechonchos, graciosos y un poco mofletudos.

—Nunca los he visto.

—Debieron llegar hace poco a las tiendas, porque también era la primera vez que yo los veía. Telefoneé a mi madre y se lo conté; tenía miedo de que vendiesen el que más me gustaba. Vino y lo compramos, con jaula y todo. Llegué a mi cuarto, cerré la puerta por dentro y lo dejé salir. Me gustaba ver cómo salía de la jaula, de un salto. Tenía un pelo maravilloso, aún más suave que *Platón*, el gato de mi madre; un pelo que parecía plumón. Iba por la habitación olisqueándolo todo y explorando. Era muy confiado y tranquilo, muy cariñoso. Lo sostenía en la palma de mi mano y me hacía cosquillas en la cara con los bigotes. Esa noche y las siguientes fui muy feliz. Dormía con la luz encendida. A ratos me despertaba y miraba a *Conejito,* que también me miraba. Le había puesto ese nombre, *Conejito*... Ya tenía un motivo para querer volver a casa, después del instituto. Llegaba, lo soltaba, le cambiaba el agua y le ponía comida... Era lo mejor que me había ocurrido en mucho tiempo.

Se interrumpió y aspiró ruidosamente, para reunir fuerzas y seguir.

—Una noche, acababa de llegar y me había encerrado con *Conejito* en la habitación. Lo tenía en la mano cuando *Ramsés,* nuestro gato siamés, vino por detrás, me lo quitó de un bocado como si fuera un ratón y desapareció con él debajo de la cama. Había estado agazapado allí todo el tiempo, a mis espaldas. Grité con todas mis fuerzas, para no oír cómo lo mataba, pero fui incapaz de arrodillarme y de verlo. Mi madre subió corriendo. Le conté lo que había pasado, y ella miró bajo la cama. Apartó a *Ramsés,* recogió lo que quedaba del pobre *Conejito,* que aún se movía, y lo envolvió en una tela, creo, porque yo ya no quería saber nada, salvo que odiaba a *Ramsés* con todas mis fuerzas y me sentía muy herida. Mi padre no estaba en casa. Había ido a dar una charla o a una reunión, no sé. Cuando llegó, estábamos los tres en el salón. «Ha sucedido una desgracia», le dijo mi madre. Y él me miró y preguntó: «*¿Conejito?*», como si lo leyera en mi cara. Le contamos lo que había pasado y me abrazó, no pude evitarlo, y estuvo consolándome durante mucho rato, pero era imposible porque yo sentía que me habían arrebatado lo único que era realmente mío. «Todo lo bueno dura poco», recuerdo que me dijo mi padre, como si eso me ayudara... *Conejito* y yo no habíamos estado juntos ni una semana. Esa noche dormí con mi madre y mi padre durmió en el cuarto de invitados, porque yo no quería volver a mi habitación. Quitaron la jaula y limpiaron la sangre de debajo de la cama, pero durante todos estos meses, cuando estaba allí y se hacía de noche lo recordaba de nuevo.

—Dices que fue en noviembre.

—Sí, a principios o a mediados de noviembre. —Loayza anotó la fecha—. Para animarme un poco me regalaron dos conejos pequeños, *Lapin* y *Lapinova,* pero no eran verdaderos conejos enanos, porque los vendedores no siempre saben diferenciarlos, y crecían muy aprisa. Yo había perdido completamente el control de la situación. Apenas comía y tampoco alimentaba a los conejos, con la excusa de que había leído que convenía acostumbrarlos a comer poco. Creo que no quería que crecieran. Además, cuanto más comían más ensuciaban la jaula. Y yo de quien me había enamorado era de *Conejito.*

»Mi madre se dio cuenta de que pasaban hambre. Me los quitaron y los pusieron en la gran jaula de los loros que hay en el jardín. Ahora pienso que fue una buena idea tanto para los conejos como para los loros, porque así se hacen compañía... Pero antes o después, en el instituto, me llamaron para que saliese a la pizarra y al levantarme me desmayé. Recuerdo que tuve el tiempo justo para apoyarme en el pupitre y caer muy despacio, acomodando el cuerpo.

»Cuando recuperé el conocimiento, estaban tomándome la tensión y tenía un termómetro en la boca. Un médico me pidió que siguiera su dedo con la mirada. Me golpeó las rodillas y no conservaba ni rastro de reflejos. "¿Qué has tomado?", me preguntaba, porque en nuestro instituto hay gente que vende droga en la puerta. Pero no sospechó que tenía anorexia, y eso que por entonces debía pesar unos treinta y nueve kilos.

Volvió a interrumpirse.

—¿Te ocurre algo?

—Quería contar algo que me importaba, y lo he olvidado.

—Ya me lo contarás.

—No sé si sería por influencia de Javi, pero me estaba volviendo muy crítica. La mayoría de los libros de texto me parecían confusos, desordenados y mal escritos. Y me daba cuenta de que muchos profesores no sabían explicar o estaban hartos de nosotros, y se preocupaban más por mantener la disciplina en clase que por enseñarnos. Perdí el interés por algunas asignaturas, y dejé de estudiarlas. Con otras me sucedió lo contrario, que cada vez me gustaban más.

—Dime alguna.

—Las matemáticas. Tienen la ventaja de enseñarle a una la costumbre de pensar fríamente, sin pasión. Porque, ¿qué pasión pueden despertar los números? Una se limita a resolver los problemas, sin sentirse... —titubeó, buscando la palabra— implicada. Fuera de las matemáticas, siempre nos sentimos implicados. De un modo u otro, todo nos afecta. Al menos me afecta a mí. También me gusta la Psicología, o me gustaba. Escribí un trabajo sobre Freud, sobre la teoría de la interpretación de los sueños, que me costó mucho. Esperaba un sobresaliente, pero me pusieron un notable. En general, mis calificaciones del primer trimestre fueron buenas e incluso muy buenas, si se tienen en cuenta mis dificultades.

»El problema era que nadie conocía esas dificultades, porque yo no se las había contado a nadie. Y, como había estudiado mucho pero de noche y desordenadamente, tampoco habían visto que me aplicara. Así que mis padres me felicitaron, pero sin entusiasmo, porque en dos o tres asignaturas había flojeado un poco. Mi hermano Darío, que siempre había estudiado lo justo para aprobar, tenía por primera vez mejores notas que yo. Me sentí mal. Me iba quedando sin asideros. Y entonces, el primer día de Navidad, *Nerón* murió. Como durante los últimos meses había sido mi padre quien se ocupaba de él, me sentí culpable. Realmente creía que lo había descuidado, que se había muerto un poco por mi causa. Enterrarlo con la pelota fue un modo de pedirle perdón.

—¿Lo enterraste con una pelota?

Sonia se lo explicó, y siguió hablando.

—Aquellas Navidades fueron como siempre: visitas, reuniones familiares y todo eso. Con tanta distracción, mis padres se fijaban aún menos en mí. De tan fina, la piel se me había vuelto casi transparente, pero aún no se me habían marcado los huesos de la cara ni tenía los ojos hundidos, como ahora. Unos invitados de mis padres, creo que eran ingleses, vinieron a cenar y se quedaron asombrados. «¡Pero si es una belleza!», dijo él, al verme bajar por la escalera. Y ella exclamó: «¡Un elfo!». «Mi mejor obra», me presentó mi padre, orgulloso, sin saber que me dolía terriblemente el vientre y me sentía muy débil y mareada. Aquellos comentarios hicieron que comiese aún menos.

»Otro de esos días vino también Rainer, el mejor amigo de mi padre, con su familia: Carlota, su mujer, y sus dos hijos, Katia y Jordi. Nos queremos mucho pero nos vemos muy poco porque viven lejos, en Bellaterra. Conseguí no sentarme a la mesa, diciéndoles que me había atiborrado la noche anterior, y que me sentía llena. Luego estuve casi todo el tiempo con Katia, enseñándole a hacer collares, una afición que había adquirido mirando a las chicas de los tenderetes, en Alicante, y que me servía para distraer el hambre. Hubiera preferido hablar con Jordi, pero mi hermano lo había acaparado y estaba enseñándole sus nuevos juegos de ordenador. Creo que Jordi también hubiera preferido estar conmigo, porque no dejaba de mirarme desde lejos.

»Empezaba a preguntarme si tendría que morirme para que se enterasen de mis problemas cuando a principios de enero vino Carmen, una fotógrafa amiga de mis padres. "Oye, Sonia, chiquilla, ¿qué te pasa? ¡Estás muy delgada! ¿Desde cuándo no comes?". Era lógico que Carmen lo descubriese. Nos había tomado cientos de fotografías desde la infancia, a mi hermano y a mí, y notaba enseguida las diferencias entre una visita y otra. Mis padres, como me veían continuamente, no apreciaban los cambios.

»Aquel día Carmen no quiso hacerme fotos, o no se atrevió. Pero algo debió decirles a mis padres, porque a la mañana siguiente, antes del desayuno, me obligaron a bajar al sótano y a pesarme. Cuando vieron el resultado, se miraron sin comprender. Les dije que digería mal, que tenía acidez y dolores de estómago. Mi madre sacó a relucir sus vagos conocimientos médicos y, como quien da a elegir, sugirió que mis dolores podían deberse a una úlcera, al hipertiroidismo o a la hernia de hiato que, según ella, yo había tenido de niña. También ella, me dijo, había padecido hipertiroidismo de joven.

»Pero fue mi padre quien, como quien no quiere la cosa, dijo: "Podría ser anorexia". Mi madre se enfadó mucho y yo también. ¿Qué sabía él, y cómo podía hablar con tanta ligereza? Por entonces, yo navegaba casi a diario por Internet. Había encontrado unas páginas donde las anoréxicas se alentaban unas a otras y se confiaban dietas a base de té o de pomelos, y secretos para esconder la comida sin que los demás lo advirtiesen. Quiero decir que yo sabía perfectamente lo que tenía. Pero me dolió que mi padre lo supiese también, porque fue como si me acusara. Sin embargo, no estaba acusándome. Sólo intentaba poner a mi enfermedad el nombre adecuado.

—En cambio, tu madre no creía que fuese anorexia.

—No, claro que no. La posibilidad de que yo hubiese contraído la anorexia era más angustiosa para ella, porque no tenía un trabajo continuado que le permitiera evadirse y pensar en otra cosa, como mi padre, y se ocupaba mucho de nosotros. Prácticamente, como ella misma se encargaba de recordarnos, no había hecho otra cosa que cuidarnos desde nuestro nacimiento. No, mi madre no quería ni oír hablar de anorexia, y yo tampoco. «Mientras no le pongan ese nombre no la tendré», pensaba.

»Me llevaron al médico de cabecera, que pidió unos análisis y me prescribió una dieta de engorde, que incluía reposo en casa. No cumplí la dieta, claro, pero gané un kilo. Volví al instituto dos semanas después del comienzo del trimestre. Habían adelantado mucho en mi ausencia. Como hablaban de temas que se me escapaban, y me sentía acomplejada y desmotivada, empecé a faltar.

»Mi madre me llevaba hasta la puerta, y yo ni siquiera entraba. Me iba al parque, a hablar con Javi, que seguía rondando por el instituto, o a la biblioteca. O bien tomaba el tren hasta Alicante. Paseaba por El Barrio, el puerto o por la Explanada, mirando los tenderetes. Cuando sentía hambre compraba un bocadillo, tiraba el relleno y me comía el pan. Era como si me alimentase del regusto que quedaba. Por la tarde volvía a Benivent y esperaba a que mi madre me recogiese. Sólo de vez en cuando entraba en clase, como quien hace una heroicidad, y permanecía sentada, temblando y confiando en que no me sacaran a la pizarra.

»Pero ya no estudiaba. Cuando lo intentaba, tenía la impresión de estar perdiendo el tiempo. "¿Y si me muero ahora? ¿De qué me servirá saber tanto sobre oraciones subordinadas?", me preguntaba. Como todos los análisis habían resultado negativos, mis padres decidieron llevarme a un psiquiatra que les habían recomendado. Lo que querían exactamente era concretar el problema, para saber qué tenían que hacer.

—¿Cuánto pesabas en aquel momento? —le interrumpió Loayza.

—Entre treinta y seis y treinta y siete.

—Con ese peso ya habrías podido pedir el ingreso aquí.

—No sabíamos que esto existía. Y, aunque lo hubiéramos sabido... A la primera entrevista con el doctor Ortolá, que así se llamaba, fuimos los cuatro. Hizo un historial de cada uno, y quien más le llamó la atención fue mi madre, creo que por eso de que ha nacido tan lejos. Le preguntó si me había dado de mamar, si había querido tenerme, si mi nacimiento le había resultado difícil.

Loayza sonrió, porque eran preguntas que él también hacía a veces.

—Nos explicó que, en algunas familias, las situaciones, lo que él llamaba los «cuadros familiares», pasan de una generación a otra. Mi madre salió de la consulta un poco molesta. Sentía como si hubiesen querido transferirle el problema. Fui tres veces más, sola. Le contaba lo que se me ocurría. No podía decirle toda la verdad, porque se hubiera dado cuenta de que realmente necesitaba ayuda. Así que me inventaba cosas, que Ortolá no podía comprobar. Era un hombre muy serio, que nunca bromeaba. Parecía preocupado cuando me recibía y aún más cuando me despedía. Hablaba en voz tan baja que con frecuencia no le entendía. ¿He dicho algo gracioso? —preguntó, porque Loayza había vuelto a esbozar una sonrisa.

—Es la primera vez que una paciente me describe a un psiquiatra. ¿Y qué pasó luego?

—A mis padres les explicó que tenía un problema depresivo grave, que necesitaba un tratamiento de dos años y que a algunas sesiones tendrían que asistir ellos también. «¡Y papá creía que eras anoréxica!», me dijo mi madre al salir de la consulta, triunfante, porque una depresión, por grave que fuese, le parecía menos alarmante que la anorexia. Pero, mientras se preguntaban si debía iniciar ese tratamiento o convenía consultar a alguien más, yo seguía perdiendo peso.

»Cuando mis amigas me interrogaban, les contaba que sólo podía comer carne y verduras hervidas, porque mis intestinos no absorbían bien. Un día me quejé tanto que mi madre me llevó a Urgencias. Era un fin de semana, y no dejaban de llegar heridos por accidentes de circulación. Volvieron a preguntarme si tomaba drogas. Hasta me interrogaron a solas, por si había algo que quería ocultarle a mi madre. Los análisis volvieron a salir negativos. No tenía nada orgánico, pero el diagnóstico fue el que ella y yo más temíamos: anorexia nerviosa.

»Mi madre empezó a preocuparse de veras. No entendía que yo tuviese anorexia, porque de vez en cuando me veía comer y eso no cuadraba con su idea de la enfermedad. Me dijo que ya no iba a saltarme ninguna comida y que ella las controlaría todas. Me dio pastillas de calcio y de vitamina B, pero como yo había leído que despiertan el apetito las escupía en cuanto tenía ocasión. Si hubiera estado aquí, las enfermeras se habrían asegurado de que no las escondía bajo la lengua. Mi madre era incapaz de desconfiar hasta ese punto, al menos entonces. Dejé de ir al instituto, porque querían tenerme a la vista. Hacía collares compulsivamente y limpiaba.

—¿Limpiabas?

—Barría, fregaba, pasaba el aspirador. Imaginaba que si lo limpiaba todo, si me encontraba en un lugar verdaderamente limpio, podría concentrarme. Pero nunca estaba bastante limpio. Llegaba mi hermano, por ejemplo, y derramaba un poco de agua o de zumo. Y otra vez a limpiar. Mi madre pensaba que la estaba ayudando, pero a mi padre aquella manía de la limpieza le descorazonaba. Decía que no era natural, que no había tenido una hija para eso. ¿Para qué la había tenido, entonces? ¿Para qué se tienen los hijos? No lo sé.

Miró a Loayza como si esperase una respuesta y él se rebulló en su asiento.

—Mi padre también empezaba a tener dificultades para concentrarse. Escribía con la puerta abierta o fingía escribir, pero al menor ruido salía a ver qué pasaba. Ya se me notaban los huesos de la cara. Un día le pregunté: «¿Por qué no puedes quererme como soy? ¡Hay personas que están delgadas!». Y me dijo: «Tú no estás delgada, Sonia. Estás enferma».

»Me maquillé un poco, me hice unas fotos de carné y le di una, para que pudiera acostumbrarse a mi nuevo rostro. La puso junto a su ordenador, pero creo que evitaba mirarla. "En el fondo, te gusta que esté así", le dije otro día, y se apartó como si hubiera recibido un golpe.

»Una tarde se empeñó en llevarme a Alicante, donde iba a celebrarse una manifestación contra la guerra de Irak. Le dejé hacer, más que nada para salir de casa. En algunas cosas, mi padre es transparente, al menos para mí. Esperaba que, al ver a toda aquella gente, con pancartas y coreando lemas, me daría cuenta de que hay otras cosas. Yo ya sabía que hay otras cosas, siempre lo he sabido, y creo que la mayoría de los jóvenes somos pacifistas y estamos contra todo, como Javi. ¿Qué es mi delgadez, al fin y al cabo, sino otra forma de protesta? Pero también sabía que ninguno de los que estábamos allí podíamos detener esa guerra. ¡Si hasta se lo había oído decir a mi padre en casa, que la decisión de atacar Irak estaba tomada desde hacía meses! La gente cree que puede cambiar el mundo y hace bien intentándolo, pero el mundo sigue girando por su cuenta. Y las aglomeraciones nunca me gustaron. Me sentía mal, con todas aquellas personas airadas gritando y dando empujones. Además, nos movíamos muy despacio. Recibí un pisotón y luego otro. En medio de la manifestación empezó a llover y tuvimos que irnos. Mi padre temía que, además de todo lo que me pasaba, pudiera resfriarme. No sé si la guerra ha empezado ya...

—No, pero debe de estar al caer.

—Cuando llegamos a casa, me puse la bata para cenar. Supongo que mis padres te lo habrán contado. —Loayza no se dio por aludido—. Con la excusa de que después de cada comida sentía frío, me ponía siempre una bata holgada. Dentro llevaba un zurrón forrado de plástico: un truco para no dejar olores en la ropa, que había descubierto en Internet. Mientras fingía comer, iba vaciando los platos en el zurrón. Luego tiraba el contenido por el retrete y me servía algo natural: zanahoria, lechuga..., todo sin aceite, claro. Mi padre se había quedado mirándome alguna vez, como si sospechara, pero yo ya había adquirido estas manos de prestidigitador —las agitó, como si tocase el piano en el aire—, y las movía muy aprisa.

»Esa noche mi madre me abordó cuando iba al baño y me registró. Al encontrar el zurrón también ella tuvo que admitir, finalmente, que lo mío era una anorexia. Me desesperé y me di un golpe en la frente contra la mesa de la cocina. Les grité que todo aquello me había ocurrido por su culpa, porque se habían pasado la vida vigilándome. Si me hubieran querido de veras me habrían dejado ser libre, les dije. Luego me encerré en mi cuarto y me acosté.

»Toda la noche estuve pensando cómo reaccionaría si entraban. Pero no entraron. A la mañana siguiente, empezaron a hacer gestiones para traerme aquí. "No queremos que te quedes, sino que veas cómo es aquello", me dijeron. Fueron unos días muy malos, porque lo dramatizaban todo. Me decían que ellos fracasarían también si yo fracasaba, que habíamos vivido como en una burbuja, en una atmósfera ideal, y yo estaba a punto de romperla. Me preguntaban si había hecho aquello porque les odiaba y quería castigarles.

»Ya ni siquiera me creían cuando les aseguraba que no vomitaba, y se turnaban para acompañarme al baño. Me negaba a tomar las pastillas que me habían recetado en el hospital. "Si te las tomas, haremos lo posible para no internarte", me prometía mi padre, en su tono más convincente. Para tentarme, mi madre me hizo unas crepes. De niña, las crepes con mermelada de fresa habían sido mi comida favorita. Pero probé una y me supo a agrio. La corté en trozos y los fui escondiendo en una servilleta de papel que había dejado al lado del plato. Mi madre se dio cuenta, desplegó la servilleta y me lo echó en cara. Les oía hablar de mí, preocupados. Realmente no sabían qué hacer.

Empezaban a suspirar en cuanto me reunía con ellos, como si mi presencia les resultara insoportable. También yo les dije cosas horribles, de las que me arrepiento. A veces necesitamos hacer daño a quienes más queremos. El resto ya lo conoces.

«Sí», pensó Loayza. El resto ya lo conocía, porque él mismo había tramitado el ingreso.

—¿Cuánto tiempo me quedaré aquí? ¿Una semana? —le había preguntado Sonia con ansiedad, en aquella primera entrevista.

—Algo más —contestó él.

—¿Un año?

—Espero que algo menos —aventuró Loayza, sin comprometerse.

Al escuchar aquella respuesta, Sonia había sentido que todo se aquietaba: las nubes, el reloj del segundero rojo, su propio corazón, y que un enorme peso descendía sobre ella. En toda la amplitud del futuro, no veía nada que pudiera levantar aquella carga fatigosa, irrevocable como una condena.

EL ARTISTA DEL HAMBRE

Además de su despacho en la unidad, el doctor Loayza tenía otro más pequeño fuera de ella pero en el mismo piso, donde recibía a los padres. Como cada miércoles, Sigrid y Tulio habían acudido a que les informara.

—Lo mejor es que se ha adaptado con rapidez —les explicaba Loayza, que había decidido no mencionarles los ejercicios de abdominales, en parte porque no deseaba inquietarles más de la cuenta y en parte porque, dada la situación, los consideraba una infracción menor—. Sonia, ustedes la conocen mejor que yo, vende muy bien. Cuando una paciente se muestra tan dócil, nosotros desconfiamos, porque no es lo habitual.

—¿Qué quiere decir exactamente? —le preguntó Sigrid.

—Algunas chicas descubren pronto que aquí dentro no hay escapatoria. Ganan el peso suficiente para salir, y luego vuelven a las andadas. No tiene por qué ser el caso, insisto. Sonia es una chica espabilada. Se expresa y razona con soltura. Habla sobre la enfermedad de una manera fácil, natural, que resulta muy poco corriente. Es más, le gusta hablar de lo que sintió, de por qué se comportó de un modo... ¿Tienen ustedes libros sobre anorexia?

—Seguro. En casa hay libros sobre casi todo —se quejó Sigrid.

—Se lo digo porque Sonia da la impresión de saber bastante sobre la enfermedad. Como si, además de padecerla, la hubiera estudiado en algún sitio...

—Quizá haya visto algo en Internet —sugirió Tulio—. Ahora nadie busca información en los libros.

—Puede ser, sí —confirmó Loayza, satisfecho por haber podido señalar una de las fuentes del problema sin traicionar la confidencia juvenil—. De momento, no puedo decirles nada más sobre su evolución. Mañana volverán a pesarla y, si sigue aumentando, les llamarán para que vengan a visitarla el sábado o el domingo.

—Creía que tardaríamos mucho más en verla —dijo Sigrid, sorprendida.

—En realidad aún no les toca. Pero, considerando que cuando el ingreso no tuvieron ocasión de despedirse... He hablado con mi colega, el doctor Tuñón, y está de acuerdo. Es una cuestión de humanidad.

Sigrid se acordó, y también Tulio. Dos semanas antes habían llevado allí a Sonia, que caminaba entre ambos con la resignación de quien se deja conducir al sacrificio. Habían subido al último piso y habían visto el rótulo de «Transtornos» por primera vez. La guardia de seguridad les había indicado que hablaran por el portero automático. Tras un breve interrogatorio, la puerta de la fortaleza se había abierto con precaución, para dejarles pasar, y se había cerrado a sus espaldas.

Loayza les había recibido en el despacho de la unidad. Mientras pesaban a Sonia en otra habitación, Tulio había expresado el sentimiento de culpa que les embargaba y del que ni Sigrid ni él conseguían desprenderse. Se preguntaba si su obstinada dedicación al oficio de escribir y el aislamiento geográfico en que vivían no habrían contribuido al surgimiento de la enfermedad.

Loayza no lo veía de ese modo:

—Usted puede escribir quince horas al día, y también los sábados y domingos, como me dice, pero siempre está en casa. Si necesitan verle, sus hijos sólo tienen que llamar a la puerta.

—No somos tan formales. En realidad, basta con que la empujen, si es que está cerrada.

—Pocas chicas tienen la suerte de que su padre trabaje en casa. Mis hijas, por ejemplo, hay días que ni me ven. Simplemente, no coincidimos.

—Es verdad que mi hijo entra y me interrumpe cuando quiere. Pero mi hija nunca ha hecho eso.

—No se culpe —le atajó Loayza—. Lo que nosotros intentamos transmitir a los padres es que la anorexia es una enfermedad como la gripe, capaz de atacar a cualquiera. Por supuesto que hay factores de riesgo, pero nunca podemos decir: «Fue por esto o por aquello», porque no tenemos ninguna certeza. Quizá dimos una bofetada a destiempo, o no la dimos. Quizá dijimos algo, o nos callamos. Tampoco tiene por qué haber influido el aislamiento. De ser así, no habría anoréxicas en las ciudades. Es algo que se da cada vez más, en gente de todo tipo. Hoy, cualquier chica está dispuesta a creer que, si altera trabajosamente su aspecto, tendrá éxito. Ahí están las modelos, que parecen haberlo conseguido.

Tulio intentó bromear:

—En mi época, cuando se hablaba de modelos, pensábamos en madame Curie, en el doctor Schweitzer, en Albert Camus, en Bertrand Russell...

Loayza, que sólo estaba familiarizado con el nombre de madame Curie, miró a Sigrid sin saber qué decir, y ella le obsequió con una sonrisa de disculpa.

Sonia pesaba treinta y dos con cien. Había llegado al fondo del pozo. Casualmente, aquella misma mañana se había producido un alta. Sin pensarlo dos veces, Sigrid y Tulio firmaron la autorización de ingreso. Cuando se lo explicaron, Sonia lo interpretó como una traición. Dio media vuelta y se quedó mirando por la ventana.

—Sabía que lo haríais, que teníais pensado dejarme aquí.

Su voz sonaba extrañamente remota. No se atrevieron a abrazarla ni a añadir nada. Temían verse obligados a mentirle y a causarle más daño.

A esa escena aludía Loayza para justificar la visita anticipada. Los padres de Sonia estaban lejos de parecer conflictivos, y ella, a diferencia de otras chicas, había demostrado que quería volver a casa. Había llorado, pataleado, implorado. Y, aunque con desgana, comía.

No podían hablar con ella, pero cada noche telefoneaban para que les diesen el parte. Y cuando el jueves por la noche les dijeron que pesaba treinta y cuatro con cien, supieron que el fin de semana siguiente la verían.

Sonia había vuelto a engordar medio kilo entre pesada y pesada, y eso sin dejar de hacer abdominales. De noche, cuando se acostaban, había un momento en que la vigilancia se relajaba, después de la primera ronda. Si se mantenía despierta y se movía muy despacio podía completar varias series. Luego, casi sin darse cuenta, las flexiones daban paso al sueño.

El sábado, a la hora señalada, las calles próximas al hospital rebosaban de coches aparcados.

—Sube tú primero, ¿quieres? Tengo que buscar un sitio —le dijo Sigrid, y Tulio entendió que su mujer prefería no encontrarse de inmediato con Sonia.

¿Era por miedo a emocionarse en exceso? ¿Por si la encontraba aún más desmejorada de lo que recordaba? ¿Por si Sonia se negaba a hablar con ellos?

Tulio se identificó a través del portero automático, y una ayudante le dejó pasar. Al otro extremo del pasillo había cinco o seis chicas de aspecto menudo, como un equipo de pequeñas gimnastas, con pijamas azul pálido. Una de ellas se destacó y fue hacia él con paso ligero. Era Sonia. Se abrazaron, por primera vez en muchos meses, y pasaron al comedor, que servía también de sala de visitas y de gimnasio improvisado. Ella le enseñó una cartulina con un paisaje muy simple, pintado al pastel: el sol acostado en el horizonte, entre un mar blanquiazul y un cielo rojo y amarillo; a un lado, sobre un islote rudimentario, se alzaba una casa.

—Toma. Lo he hecho para vosotros, con los colores que me trajisteis.

—Ya te dejan pintar...

—Sólo media hora al día. Pero algo es algo.

—Me gusta mucho —dijo Tulio, agradecido, sin atreverse a preguntar si se trataba de un amanecer o de un ocaso. Parecía un ocaso.

Sonia tenía mejor aspecto: el rostro algo más lleno y también el cuello. Las manos, de dedos ahusados, aún eran las de un esqueleto.

Llegaron Sigrid y una mujer marroquí, que era la madre de Amina. Sigrid y Sonia se abrazaron. Al constatar la emoción de su mujer, Tulio pensó que la enfermedad de Sonia le había afectado más de lo que exteriorizaba.

—Estás muy bien. Y parece un lugar tan limpio y agradable...

—Pues yo preferiría no haber venido.

—Recuerda cómo estabas.

Les contó algunos chismes. La acuarela que colgaba de la pared de enfrente y que representaba una cesta de manzanas era obra de un paciente, un chico que había muerto allí mismo. A Sonia le resultaba curioso que pintase las manzanas que no quería comerse.

Bajó la voz para explicarles que la anorexia de la pequeña Amina, que estaba a sólo unos metros, charlando animadamente con su madre, se debía en buena parte al pánico. Tenía un miedo terrible a que su padre, que nunca iba a verla, la vendiera en matrimonio a alguien de su país. Incluso era posible que ya lo hubiera hecho. Por eso Amina comía lo justo para recibir la visita de su madre, pero no tanto como para que le diesen el alta y se la llevaran. Una anorexia más o menos calculada, que terminaría el día en que Loayza lo advirtiese.

Sonia había desarrollado una especie de *esprit de corps*, un sentimiento corporativo. Consideraba que las anoréxicas eran particularmente listas.

—El problema —explicó— es que siempre estamos a la espera de lo que nos pasa, y no nos damos cuenta de que a veces somos nosotras quienes podemos decidir.

Su deseo de estudiar Medicina se había acentuado. Ahora quería ser psiquiatra, y escribir el libro definitivo sobre la anorexia.

—La gente está equivocada, y no tiene la menor idea de lo que es —decía.

Les preguntó por los animales y por su hermano, en ese orden. Le contestaron que los animales se encontraban bien. No se atrevieron a contarle que se habían desprendido de algunos, porque no podían cuidarlos. Primero habían regalado a *Lapin* y a *Lapinova* a una tienda de mascotas. Luego, aprovechando que casi era primavera y que tenían muchas posibilidades de sobrevivir, habían soltado a los vistosos tejedores, que siempre incordiaban a los demás pájaros; a los inseparables, que no paraban de reproducirse; a los dos loros de cabeza negra, que se habían ido graznando de árbol en árbol, rumbo al mar.

Se habían quedado, claro está, con los cinco gatos; con el erizo inspirador, a quien Tulio se aferraba con el pretexto irracional de que necesitaba su compañía para escribir; con tres cotorras y, naturalmente, con los peces y las ranas del estanque.

Tras la liberación de las aves, Sigrid y Tulio habían experimentado una sensación de soledad, como si fueran los hijos y no los pájaros quienes les habían abandonado.

En cuanto a Darío, le contaron que estudiaba lo justo, que se había vuelto muy cariñoso y que mantenía sus costumbres furtivas.

Al cabo de una hora, la ayudante les pidió que se fueran. Los tres pensaron que el tiempo había pasado muy aprisa. Se separaron a disgusto, sin saber cuándo se verían de nuevo.

Las charlas destinadas a los padres, que también tenían lugar los miércoles, las impartía el doctor Tuñón, un joven que hablaba con gran entusiasmo de patrones de conducta, de refuerzos y estímulos, y que intentaba enseñarles a convivir con la enfermedad y a evitar padecimientos inútiles. Unos padres, por ejemplo, se consideraban culpables por su afición al teatro, al que asistían una vez por semana. Siempre que salían, su hija se negaba a comer durante varios días. Pero, como les explicaba el doctor Tuñón, entre los presentes no había más padres aficionados al teatro y, sin embargo, las hijas de todos ellos eran anoréxicas. Y el teatro, y la afición por él, quedaban exculpados.

Tulio seguía preguntándose si no habría un patrón común: un cuidado y un cariño excesivos seguidos de una separación o de una sensación de alejamiento. Quizá todas aquellas chicas se sentían abandonadas, después de haberse sentido muy queridas.

Una noche, al cepillarse los dientes, Sonia sintió como si hubiera perdido algo. Imaginó que su cuerpo estaba anquilosándose y que sus articulaciones habían adquirido una rigidez desagradable. Al mirarse en el espejo vio un rostro blanco, hundido, socavado, y apartó los ojos.

No podía ser ella, nadie podía ser así y continuar con vida, pensó. Volvió a mirarse, temblando, y se encontró como estaba ahora, delgada pero no esquelética. Seguía ganando peso, y las distintas fases de las metamorfosis que había sufrido a lo largo del tiempo se le aparecían de nuevo cuando menos lo esperaba, como espectros maléficos y turbadores.

Antes tenía un sueño en el que se perdía en un bosque. En cambio, ahora soñaba que le daban el alta. Recogía sus cosas, se despedía de sus compañeras, abandonaba la unidad, bajaba en el ascensor y, al acercarse a la puerta principal, Loayza o el doctor Tuñón le salían al paso y la obligaban a regresar.

Para mantener la ilusión se distraía imaginando que en el exterior todo era fantástico, que al volver a casa tendría cuanto deseaba, que la relación con sus padres y con su hermano era perfecta, que conseguiría cuanto se propusiese, volver a los estudios, ser psiquiatra.

Loayza seguía desentrañando su pasado, confrontándola consigo misma. Tuñón, en cambio, le aplicaba tests de comportamiento. Le enseñaba imágenes de círculos y de barras, le pedía que dibujara siluetas de personas, árboles, casas. Aunque la terapia y los tests se complementaban, Sonia tendía a pensar que para el doctor Tuñón ella constituía el objeto de un experimento y no un ser humano propiamente dicho.

La noche de san José les permitieron ver en la televisión la quema de las fallas de Valencia. Emocionadas por la concesión, que no esperaban, contemplaron los fuegos artificiales y vieron cómo el fuego consumía los monumentos de cartón y madera, y los reducía a un polvillo rojizo.

Dos días después, a la hora del telediario nocturno, Sonia pasó por el cuarto de las enfermeras y se asombró de que siguieran retransmitiendo la *cremá*. Era el bombardeo de Bagdad, que había empezado.

La mujer de la sala número seis permanecía al margen. Sonia y Patricia consiguieron colarse en su habitación y contemplarla de cerca. Tenía una botella de goteo conectada a un brazo, y de la nariz le salía un tubo de plástico transparente. El rostro, aún más encogido que la primera vez que la habían visto, mostraba una expresión desolada. Sus ojos estaban abiertos, enrojecidos, fijos.

Un día desapareció y se rumoreó que estaba en Cuidados intensivos. La sustituyó una bulímica, que tragaba compulsivamente y, para espanto de las anoréxicas, comía en cinco o diez minutos más que ellas en media hora. El tratamiento, sin embargo, era básicamente el mismo: comidas regulares y reposo obligatorio.

Sonia ya tenía derecho a las llamadas e incluso a las visitas diarias. Sigrid y Tulio —y Darío, excepcionalmente— iban a verla y le llevaban objetos que las enfermeras no siempre le permitían conservar. En la unidad estaban prohibidos los instrumentos punzantes y cortantes: las tijeras, las pinzas.

A cambio, Sonia les obsequiaba con sus dibujos. Tras una serie de variaciones sobre las puestas de sol o los amaneceres había surgido un nuevo tema: un campo nevado cubierto de árboles desnudos y renegridos con aspecto de almendros, que alzaban sus ramas rectas como espinas hacia el cielo blancuzco. Con la secreta intención de utilizarlos en un trabajo sobre arte y anorexia, donde también figurarían las manzanas del joven de origen alemán, el doctor Tuñón la alentaba a hacer más dibujos.

Pesaba treinta y siete, treinta y ocho. Ya podía salir del edificio con sus padres, pasear por el recinto hospitalario, incluso abandonarlo, sentarse en una cafetería y tomar un helado. A veces iban al MARQ (Museo Arqueológico) o incluso al de Bellas Artes dando un pequeño paseo.

Cuando se alejaban, Sonia dejaba de comentar los chismes de la unidad y olvidaba que tenía que regresar. Volvía a ser la chica perfecta y adorada de un año antes. Y se sorprendía sinceramente cuando, al acercarse las siete, sus padres daban media vuelta y se dirigían al hospital. Entonces sentía como si acabara de vivir un engaño, y la verdad, la verdad primera, fuese que no podía pertenecer a ninguna parte, como si continuara siendo una hoja a merced del viento, a la deriva entre la montaña y el llano o entre la ciudad y la UTCA.

Una tarde que se habían retrasado un poco, Sigrid y Tulio se despidieron de Sonia a la entrada del recinto hospitalario, para que echase a correr y pudiera llegar antes de que notasen su ausencia.

Estaba en el vestíbulo, esperando la llegada del ascensor, cuando una pareja de visitantes pasó a su lado.

—¿Has visto a esa flaca? —oyó que decía ella—. Tiene pinta de loca.

—Estará en el pabellón de las chicas difíciles —comentó él, y soltó una risita estúpida.

Sonia acusó el golpe y permaneció un rato ante el ascensor abierto, sin decidirse a subir. Sin duda, el exterior no era tan fantástico, pensaba. Tendría que seguir esforzándose para creer en su sueño de salir de allí, para no caer en la desesperación y el cinismo.

También alcanzó el privilegio de leer. En la biblioteca del hospital encontró varios libros escritos por su padre, entre ellos *El ratón de Sonia,* pero los conocía demasiado bien y, además, eran para niños. Hojeó un volumen de Kafka, que contenía muchos de sus cuentos. Le gustaron los títulos. Uno era *El artista del hambre;* otro, *El deseo de ser piel roja.*

Esa misma noche abrió el volumen, en la salita de la unidad.

Patricia, que se aburría, le preguntó:

—¿Hoy no haces collares?

—No, hoy no. —Y leyó en voz alta—: «¿Por qué suspender el ayuno a los cuarenta días? ¿Por qué dejarlo entonces, cuando estaba en lo mejor del ayuno? ¿Por qué renunciar a la gloria de seguir ayunando, y no sólo la de convertirse en el mayor ayunador de todos los tiempos, cosa que probablemente ya era, sino también la de superarse a sí mismo hasta lo inconcebible, pues no sentía límite alguno a su capacidad de ayunar?».

—¡Qué tío tan cachondo! ¿Quién es?

—Kafka.

—No lo conozco.

Patricia arrimó su silla y juntas leyeron esa parte del cuento en que el ayunador dice: «Durante toda mi vida he deseado que admirarais mi resistencia al hambre». «Y la admiramos», afirman los espectadores. «Pero no debíais admirarla», objeta el ayunador. «Bueno, entonces no la admiraremos. Pero, ¿por qué no debemos admirarla?», le preguntan. Y el ayunador les contesta: «Porque nunca he podido encontrar una comida que me gustara. Si la hubiera encontrado, podéis creerlo, no habría ayunado y me habría hartado como todos».

Cuando acabaron de leer esa parte, se miraron y se echaron a reír. Y estuvieron comentando el cuento con las otras chicas hasta que, cerca ya de las doce, Ángela se presentó y las conminó a acostarse.

EL REGRESO

Cada jueves, Tulio bajaba a Alicante para asistir a la reunión semanal de una asociación cultural a la que pertenecía, una especie de club de artistas y científicos que tenía su sede en un viejo palacete. Recogía a Sonia en la unidad, la dejaba en un jardín próximo a la asociación, se reunía con sus colegas y los abandonaba tan pronto podía, para pasear con su hija bajo un sol cálido y radiante que iluminaba los tejados de azulejos, las estatuas y las palmeras.

Con metódica ansiedad, le mostraba los lugares más característicos de su infancia y que habían conseguido sobrevivir a los derribos y tropelías urbanísticas. Quería aquella ciudad, aunque le parecía que se había degradado mucho. Intentaba enseñarle a Sonia algo de lo que había aprendido allí, antes de que se mudaran a Altura. «Tarde o temprano —se decía—, en esta plaza arbolada o ante alguno de los pocos edificios venerables en pie, ella se sentirá súbitamente conmovida.» Pero había pasado demasiado tiempo y ahora le parecía que también él era un forastero, un turista. Trató de explicarle lo que Alicante había significado en otras épocas, mucho antes de su nacimiento, y le describió la ciudad de los coches de caballos, de las golondrinas que daban paseos a los forasteros por el puerto y de los tranvías de su infancia. Pero sus recuerdos eran desdibujados y confusos, y mientras se esforzaba por concretarlos se daba cuenta de que no tenía sentido pretender que fuesen exactos, porque para él mismo la ficción se había convertido en un eficaz sustituto de la memoria, y adivinaba que de todos modos para su hija carecían de importancia.

Era cierto. Sonia no podía dejarse impresionar por un pasado que no compartía, y la ciudad sólo significaba para ella un amplio decorado por el que transitaban legiones de figurantes. Le llamaban la atención las tiendas y los restaurantes concurridos, poblados de gente animada: la arrogancia de un mundo que mostraba su disposición para el bienestar y los placeres, mientras relegaba la enfermedad y la muerte tras las fachadas, en el secreto de los hospitales y de las salas cerradas. Pero ella ya conocía la existencia de ese secreto.

Al principio de la Explanada, junto a la plaza del Mar, seguía estando el quiosco en el que alguna vez habían tomado helados de cono. Tulio, que tenía debilidad por los helados y en especial por los conos de barquillo, intentaba consolidar esa costumbre. Pero algunas tardes, Sonia se sentía más insegura, y prefería pasar de largo.

—¿No quieres un helado?

—No. Pide el tuyo.

—No, por mí no. Si tú no quieres...

—Entonces, ¿qué? ¿Me haces chantaje?

Sonia no entendía que parte del placer de su padre era tomarse el helado con ella, y que ese placer disminuía mucho, hasta casi desvanecerse, si lo practicaba a solas.

Tan orgulloso se sentía de ella y de su pronta recuperación que un día tuvo la debilidad de contarles a sus venerables colegas que su hija ya podía abandonar el hospital, y que estaba esperándole cerca del palacete. Algunos, que la conocían de antes de la enfermedad, salieron con él para comprobar los progresos. Al ver a aquel puñado de adultos afanosos y bienintencionados, Sonia se levantó del banco e hizo un amago de huida. La saludaron con cariño, contentos de verla tan mejorada.

—Ha aumentado casi diez kilos en mes y medio —explicó Tulio, con el escaso don de la oportunidad que le caracterizaba.

—Eso está bien, muy bien —coincidieron todos.

Sólo uno de ellos, casualmente un renombrado experto en nutrición, expresó su reparo:

—Está bien, sí, pero aún estaría mejor con otros diez kilos más.

Ya de vuelta, a la luz de unas farolas, Tulio advirtió que Sonia lloraba.

—A ver, cuenta, ¿qué te pasa ahora?

Tuvo que insistir para que hablase.

—Me he sentido como un objeto. Que tú y tus amigos hayáis triunfado en la vida no os da derecho a tratarme así.

—¿Triunfar, yo? —preguntó él, estupefacto, porque era muy consciente de lo modesto de sus logros.

—Me habéis tratado como a un objeto, una figurilla que podéis cambiar a vuestro gusto —insistió ella—. Pues entérate, hay mucha gente, empezando por mí, que no quiere ser como vosotros. ¿Qué hubiera pasado si yo le hubiese dicho a tu amigo: «Le veo con buen aspecto, sí, pero estaría aún mejor con cincuenta años menos»? Y a ti, ¿qué te ocurre? —Se volvió hacia su padre, con el rostro surcado de lágrimas—. ¿Que ya sólo te importa lo que peso?

—No es verdad —dijo él, muy serio. Y, como si se le escapase, añadió—: Te quiero más que a nadie.

—Lo sé. Y eso me ha hecho mucho daño.

Tulio no supo qué replicar. Ignoraba si aquel reproche era sincero o no, aunque lo parecía. Le costaba aceptar que el amor por su hija, del que siempre se había sentido tan orgulloso, pudiese haberla perjudicado. Pero le entristecía que ella lo pensara.

Dejaron de hablar durante largo rato.

—Bueno, me vuelvo a casa —se despidió él, cuando llegaron al recinto del hospital—. Que duermas bien.

Pero también ella era una triunfadora o, al menos, una paciente aventajada, en comparación con sus compañeras de la unidad. Verónica se había estancado, Beth aumentaba dificultosamente de peso y disminuía en cuanto perdía la confianza, Patricia se pasaba la vida con miedo a superar la barrera de los treinta y cinco kilos. Tan pronto se acercaba a esa cifra simbólica, empleaba toda suerte de estratagemas para comer menos, aunque nunca tan poco como para que tuvieran que alimentarla con sonda. No le importaba quedarse sin visitas ni permanecer allí para siempre. En la unidad se sentía protegida. La anorexia era su plan de vida, su mejor amiga, el instrumento del que se servía para relacionarse con el mundo.

Bagdad ya había caído, y luego Tikrit. Despacio, aunque con firmeza, Sonia se aproximaba a la liberación. Sólo pesaba cuarenta kilos doscientos, y nada presagiaba la inminencia del acontecimiento cuando, cierto miércoles, el doctor Loayza informó a los desprevenidos padres de que al día siguiente podrían recogerla, para pasar la Semana Santa en casa.

—La velocidad de recuperación ponderal ha sido buena —les explicó—, y todos los índices han mejorado mucho respecto al ingreso. Cuanto antes se integre en la vida cotidiana, mejor.

Ninguno de los dos se había mentalizado para aquello. Habían sentido una enorme pena en ausencia de su hija, sobre todo de noche y en las mañanas soleadas, pensando que ella estaba en la unidad y no en su cuarto o disfrutando del jardín y de la compañía de los animales. Sin embargo, todo el tiempo que Sonia llevaba allí no había bastado para que se repusieran de los momentos de desesperación y angustia que habían padecido al final, cuando sabían que era inevitable internarla y ella seguía empeñada en la búsqueda de una delgadez imposible. La mera posibilidad de que aquello pudiera repetirse les espeluznaba.

—Ella puede estar mejor, pero nosotros... No estamos seguros de haber aprendido gran cosa desde que vino —balbuceó Tulio, convencido de que interpretaba el sentir de ambos y, al mismo tiempo, sabiéndose un poco ridículo en el papel del padre reticente, que no salta de alegría al recuperar a su hija.

—Tenía entendido que habían asistido a las charlas.

Tulio le contestó que, aunque habían ido a todas, seguían teniendo muchas dudas.

—Pienso lo mismo, que aún no estamos preparados —intervino Sigrid, pronunciando las eses sibilantes que delataban su nerviosismo—. ¿Qué hago si se niega otra vez a comer?

—Para empezar —replicó Loayza—, no estoy dándole el alta. Aún no. Vamos a concederle un período de prueba, que terminará el lunes de Pascua a las diez de la noche. Eso significa que, ocurra lo que ocurra, no será decisivo. Si se adapta bien, volverá a casa el fin de semana siguiente. Cuando tenga el peso ideal que establecimos, le daremos el alta provisional. Es la meta que le pusimos en su día, y hay que mantenerla.

—Cuarenta y dos kilos —apuntó Sigrid.

—Cuarenta y dos kilos en su caso, sí. Las normas en casa deberían ser las mismas que aquí: que coma de todo, variado, que lo haga a las horas habituales y que no se entretenga con la comida.

—¿Y si no las cumple?

Loayza sonrió, pensando que a veces los padres eran más aprensivos que los hijos.

—Si no las cumple, pasará más tiempo aquí. Pero yo que ustedes confiaría más en su hija y en ustedes mismos. Hasta ahora lo han hecho bastante bien.

También ella, cuando le anunciaron que al día siguiente dormiría en casa, empezó a sentirse insegura. Era su sueño, pero quería decidir cuándo tenía que cumplirse. No le gustaba que la empujasen.

—Luchaste para adelgazar —le dijo Loayza, cuando ella manifestó sus temores—, pero también has luchado, y mucho, para recuperar tu peso. Si no te arriesgas, nunca sabrás si ha valido la pena.

Sonia pensó en Patricia, a quien no le importaba quedarse allí, y tuvo miedo de que los demás empezaran a sospechar que ella era igual, y que no se atrevía a afrontar nuevamente el mundo.

—Para aquí —le pidió a su madre, cuando faltaban un centenar de metros para que llegaran a casa.

Ella y su padre bajaron del coche. Se acercaron andando, como el día en que se habían mudado allí, doce años antes. Pero los árboles habían crecido mucho, y la casa ya no podía verse desde la calle. Sonia fue mirando el jardín como si no lo conociese: el estanque de las ranas, la colección de cactos. Se acordó, de pronto:

—¿No era aquí donde estaba el montón de arena, donde jugábamos de niños?

—Sí, ahí mismo.

El almendro conservaba algunas hojas, pero estaban secas, y la corteza escamosa se había cubierto de moho.

—No sabíamos si arrancarlo —dijo Tulio.

—¿No está muerto?

Pese a la extendida opinión de que todo debe morir, Tulio no se resignaba.

—Creo que no del todo.

—Bueno, da igual. Está bien así. Un árbol muerto dando sombra a un perro muerto.

La miró con sorpresa.

—Te has vuelto algo cáustica.

—A la fuerza —replicó ella, y soltó una risita.

Darío, que había salido a recibirla con *Platón* en brazos, le dio una bienvenida lacónica y la besó en la mejilla. Y el gato se estiró para alcanzar la cara de Sonia, y se restregó contra ella.

Cuando le contaron que habían regalado los conejos y liberado algunas aves, se entristeció un poco, sobre todo porque había tenido la ilusión de volver a ver a *Lapin* y a *Lapinova*.

—Por favor, no soltéis a éstas —dijo, señalando a las cotorras.

En el hospital le gustaba pensar que parte de ella se había quedado allí, en su cuarto. Pero al entrar en él vio una habitación de una niña de ocho años, con sus osos de peluche, sus dibujos y sus fotografías de animales. No sabía si quería cambiarlo o dejarlo así, como un museo de la infancia. Se acordó de *Conejito* y se estremeció. Estuvo a punto de mirar debajo de la cama, pero se dirigió a la ventana y la abrió. Al otro lado de las rejas, el viento agitaba las ramas movedizas de los jacarandás, las temblorosas glicinas, las hojas afiladas de las palmeras. Todo estaba más o menos igual, salvo el almendro desnudo, que parecía envarado por la rigidez de la muerte.

Se cambió. Quería ayudar a preparar la comida, pero Sigrid insistió en hacerla. Se sentaron a la mesa de la cocina, escenario de viejas pesadillas. Sonia no quería pan, ni aceite, ni sal. Seguía tragando sin masticar apenas y se dejaba restos en el plato, pero al menos comía. De cuando en cuando, la euforia le hacía reír de manera exagerada.

Insistieron en que, como acababa de salir, fueran sus amigas quienes acudiesen. Hubo que repartirlas a lo largo de los días. Elsa se presentó esa misma tarde, y Rosa María y Paula al día siguiente. No pudo ver a todas; algunas pasaban fuera las vacaciones de Semana Santa. La encontraron muy bien e incluso pretendieron que había crecido y que los senos se le habían desarrollado. Lo que en labios de un adulto le hubiese parecido una impertinencia sonaba de otro modo cuando una amiga íntima lo expresaba.

No hubo conflictos, porque toda la familia estaba decidida a no provocarlos, y los días transcurrieron rápidos. El martes, cuando la pesaron en la unidad, donde volvió para pasar la noche, había aumentado unos pocos gramos. Esperanzado, Loayza repitió el experimento el fin de semana siguiente. Luego, como había previsto, le dio el alta provisional, que la obligaba a presentarse tres veces por semana a la hora del almuerzo, en lo que llamaban «el comedor de día». Si conseguía llegar a los cuarenta y cinco y medio y mantenerlos durante dos semanas, obtendría el alta definitiva.

Su última noche en la unidad apenas durmió. ¿La dejarían salir o a última hora le tenderían una trampa, como en aquel sueño fatídico? Incluso si conseguía escapar, parte de sus pensamientos se quedarían para siempre en la sala número cuatro, junto a la pequeña Verónica, o en el comedor, en los baños, en la salita. Ángela, que de tarde en tarde pasaba con su linterna, la veía agitarse, inquieta, pero se abstenía de amonestarla. ¿Para qué incordiarla, si ya tenía un pie fuera?

A la mañana siguiente, Sonia repartió los últimos collares y sus cartulinas pobladas de ocasos y de árboles esqueléticos. A Ángela le regaló un dibujo al pastel de *Platón,* el gato, que había hecho en casa. Y a Verónica, que también usaba su colonia a escondidas, un frasco lleno. Al despedirse de las artistas del hambre, se dio cuenta de cuánto las quería, de lo solas que estaban. Beth vagaba llorando por el pasillo, Patricia se había maquillado —extraordinaria concesión— para tener buen aspecto, Amina no había querido probar el desayuno. Las animó a salir, a sabiendas de que no todas lo conseguirían, y prometió visitarlas.

—Adiós, Soni —le dijo Patricia, y dio media vuelta como si no quisiera prolongar la despedida.

La satisfacción de haber logrado abandonar la UTCA se empañaba algo con la perspectiva de tener que volver periódicamente, aunque sólo fuese para comer y ser pesada.

Durante la estancia de Sonia en el hospital, sus padres habían pedido la baja en el instituto, para evitar que aquel episodio malogrado constara en su expediente. Acordaron que durante los meses próximos se concentrase en la tarea de conseguir el alta definitiva. Parecía un objetivo suficiente, pero ahora Sonia tenía demasiado tiempo libre, y no sabía qué hacer mientras sus amigas continuaban yendo a clase y preparándose para los exámenes.

Llena de ansiedad, se levantaba pronto. Montaba en bicicleta y se iba a recorrer los alrededores. Cada mañana inventaba nuevos itinerarios. Bajaba por un sendero pedregoso, contorneaba el pinar, continuaba hasta Benivent y luego emprendía el regreso a Altura por la ladera más empinada. O bien seguía la ruta de los almendros hasta la estación y volvía al cabo de unas horas, sudorosa pero satisfecha. Los días en que tenía hospital, el paseo duraba menos. Hacia las doce, Sigrid la acercaba a la estación y ella tomaba el tren hasta Alicante.

Al principio le resultó curioso volver a la unidad sin residir en ella. Luego empezó a angustiarse. No podía ver a sus antiguas compañeras, porque estaban en plena siesta cuando las usuarias del comedor de día, como ella, se sentaban a la mesa. Pero es que, además, las pacientes que se encontraban en su misma situación no contribuían a fomentar el entusiasmo. Eran, en su mayoría, jóvenes mayores que ella, de veinte a treinta años que no conseguían alejarse del todo de la zona de peligro, y persistían en sus coqueteos con la enfermedad.

Había una, para mayor desazón, que se llamaba Sonia también, y que cuando creía no ser vista, introducía la comida en el bolso. La visión repetida de esa argucia, parecida a la que ella misma había llevado a cabo en otro tiempo, hacía que cada vez le costara más ir a la unidad, e incluso ganar peso. Se lo contó a su madre, que no la creyó y telefoneó a la unidad para comprobar si la tal Sonia existía.

Por lo demás, escribía a sus antiguas compañeras y las telefoneaba, cuando a ellas se lo permitían sus privilegios. Empezó un diario, pero se cansó pronto. Seguía pintando obsesivamente los almendros desnudos. Un día añadió unas flores blancas y rosadas sobre las ramas y le regaló la cartulina a su padre. El afanoso escritor, agradecido, interpretó los almendros floridos como un signo de esperanza y los colocó en una estantería.

Entonces ella se dio cuenta:

—¿Dónde está mi foto, la foto que te di cuando estaba más delgada?

—La tengo aquí. —Tulio abrió un cajón y se la enseñó—. Perdóname, pero cuando te veía así no podía pensar en otra cosa.

Sonia le dio la razón. También a ella le turbaba ahora aquella foto, y le pidió que la rompiera.

—Hazlo tú, si quieres —dijo él.

Para que la destrucción fuese total, Sonia quemó la foto en un cenicero.

Tulio procuraba animarla. Alababa su recuperación, sus dibujos, su afición al ciclismo. Pero no lograba que llevara casco, porque, según decía ella, nadie lo llevaba.

En su interior luchaban fuerzas contrapuestas. Por un lado, el deseo de desligarse del hospital y la unidad de una vez. Por otro, el pánico a lo que ocurriría después de conseguir ese objetivo.

Transcurrieron cinco, seis semanas. Al final, cumplidas todas las etapas, pesaba cuarenta y cinco con quinientos. Con el alta en la mano, iba diciéndose que no se sentaría más en aquel comedor, que ya no aguardaría más en aquel pasillo, que no volvería a utilizar aquel ascensor ni a hacer aquel trayecto.

Como presentía, a partir de entonces empezó a desmoronarse. Sólo había tenido aquel sueño y lo había realizado. ¿Dónde iría ahora? ¿De qué otra celda podría salir? Los habitantes de Altura la veían subir y bajar continuamente en bicicleta, con expresión ceñuda. Ya no encontraba motivos para estar contenta. Intuía que sus amigas de Benivent la evitaban. En cuanto a Elsa, se había ido de la lengua. Le había hablado de su anorexia a un chico que a Sonia le gustaba un poco, y él la había telefoneado para saber si era cierto. Sonia le había explicado que estaba curada, pero el chico no había vuelto a llamarla.

También se había distanciado de las compañeras de la unidad, porque las noticias que le llegaban de allí la deprimían. Beth, por ejemplo, había conseguido salir y a la semana siguiente había perdido seis kilos. Sus padres la habían devuelto al hospital. Ya estaba allí de nuevo, porque las antiguas pacientes tenían prioridad sobre las nuevas.

A menudo, Sonia pensaba en Concha —al menos ella aún no había vuelto— y en lo que le había dicho al despedirse, que en casa se sentía juzgada por su familia, y en cambio en el hospital se sabía comprendida y siempre tenía la esperanza de mejorar. Era cierto: en los momentos de crisis, la anorexia constituía la causa del problema, pero también parecía indicar una solución o, al menos, un camino, una norma segura de conducta: ante la duda, adelgaza.

Fuera del hospital sólo cabía una opción, si no se deseaba volver: comportarse como una persona corriente, ser una más del gran rebaño.

Había dejado de tomar tranquilizantes. Empezó a salir en bicicleta también por las tardes, a todas horas. Cuando tenían visitas —Rainer, el amigo de su padre, llegaba de Bellaterra una vez al mes y solía quedarse a dormir—, se las arreglaba para no sentarse a la mesa al mismo tiempo que los demás. No sólo temía comer demasiado; también temía que le hicieran preguntas sobre un futuro que era incapaz de concebir y que acaso no se concretaría nunca. ¿Hijos, marido, una vida profesional? Había fantasías que se derrumbaban antes incluso de haber sido construidas.

Para colmo de males, *Inspiración* se había escapado. Tulio había sacado al erizo del terrario donde vivía habitualmente, en su cuarto de escribir. Le había construido una jaula en el jardín, pero se la había dejado abierta mientras le buscaba caracoles y babosas, y el animal había sido lo suficientemente rápido como para huir al campo. Con Sonia en aquel estado y sin la compañía del erizo totémico, el esforzado escritor sentía que su mundo se tambaleaba.

Una mañana, al volver de su paseo en bicicleta, Sonia encontró un perrillo de manchas blancas y negras, tendido junto a la entrada del chalé. El pelo, largo y rizado, le cubría los ojos y se le había enredado en las patas. Aunque no quería tener más animales, Sigrid llevaba algunos días dejándole un cuenco con agua, porque hacía mucho calor y temía que se deshidratase. El cachorro apenas podía moverse. Tenía la piel caliente y olía mal, como a podrido.

Era una hembra. Sonia la cargó en el cesto de la bicicleta y se la llevó a la veterinaria, que descubrió que tenía un trozo de lengua gangrenada. Posiblemente había intentado comerse una de esas orugas, las procesionarias, que abundan en los pinos de Altura.

—¿Se salvará? —preguntó Sonia.

—Eso depende de tu paciencia —le dijo la veterinaria.

Recortó el pequeño trozo, le desinfectó la lengua y le recetó unos antibióticos, que convenía administrarle cada ocho horas.

Sigrid se ofreció para hacerse cargo de la perra, pero Sonia insistió en que la responsabilidad era suya. La instaló en la caseta de *Nerón*, le abrió la boca maloliente para obligarle a tragar los antibióticos, le hizo beber leche. Persuadida de su mala suerte, Sonia imaginaba que tarde o temprano, al ir a darle la medicación, la encontraría muerta.

Pero aquella perra callejera era una superviviente nata. No sólo superó la ingestión de la procesionaria, sino que aprendió a colarse en la parcela entre los barrotes de la verja de entrada cuando, al cabo de una semana, quisieron devolverla al campo. Al final, tras muchos intentos de rechazo, la admitieron en la familia y le pusieron el nombre de *Lana*. Sonia estaba muy orgullosa de haberla salvado, porque era, decía: «Una perrita muy alegre». Lo era, en efecto. Incluso su insistencia en quedarse con ellos tenía algo de cómica. Pronto aprendió a llevarse bien hasta con los gatos.

Aunque la curación de *Lana* había mejorado el humor general, quedaba mucho verano, y Tulio concibió el proyecto de hacer un viaje con Sonia. Antes lo consultó con Sigrid.

—¿Dónde os iríais?

—A Londres. Sonia no lo conoce y yo hace muchos años que no voy.

—Allá vosotros. ¡Donde esté París! —exclamó Sigrid—. Para mí, un viaje así, en estas circunstancias, es como una huida. Sólo va a servir para que se disperse y tenga más ganas de viajar. Pero, en fin, si tanto os apetece...

Al enterarse, Sonia exultó de gozo.

—Pero, ¿cuándo?

—Lo antes posible. En cuanto compremos los billetes.

Se puso tan nerviosa que asaltó la despensa y comió hasta hartarse. «Me gustaría regresar convertida en otra persona», pensaba.

CONTROL DE FRONTERAS

El viaje en el que habían puesto tantas ilusiones se inició con malos augurios. En el aséptico y funcional aeropuerto de Alicante, un policía del servicio de fronteras, parapetado tras una ventanilla, examinó el carné de identidad de Sonia y, para comprobar sus sospechas, le preguntó la edad.

—Dieciséis años.

El policía, que rebasaba la cincuentena, se retrepó en su asiento, antes de pronunciar la terrible sentencia:

—Si tienes dieciséis, no puedes viajar sola.

—¡Si no viajo sola! —protestó Sonia, escandalizada—. Voy con mi padre.

—¿Y dónde está?

—Ahí mismo, delante.

Tulio, que ya se disponía a entregar su tarjeta de embarque, miró atrás y comprendió, por la expresión de su hija, que había surgido un problema. Mientras daba media vuelta y retrocedía, se le ocurrió que el problema podía estar en la fotografía del carné de identidad, que había sido tomada un par de años antes. Pero enseguida descartó esa posibilidad. El rostro de Sonia era perfectamente reconocible; había recuperado su antigua lozanía, aunque un aire de tozudez sustituía a la faz risueña de otros tiempos. Y tampoco podían exigirle que llevase pasaporte, ya que, dentro de las fronteras comunes, los ciudadanos de la Unión Europea no lo precisaban. Por si acaso, él siempre llevaba el suyo en los viajes. Se colocó junto a Sonia, ante la ventanilla, y lo esgrimió, abierto por la página donde figuraban el nombre de ella y el de Darío.

—Soy su padre. Está inscrita ahí: Sonia Ventura Onstad.

—On... Deletréelo, ¿quiere? —le pidió el policía.

Tulio lo hizo y le explicó que Onstad era un apellido de origen noruego.

—Ya... ¿Tiene permiso para viajar con usted?

—¿Perdón? —titubeó Tulio.

Ahora era él quien no entendía.

—Permiso de la madre.

—Sí, por supuesto, su madre lo sabe —repuso Tulio, que tenía la impresión de estar inmerso en una conversación extrañamente formal, casi de cortesía—. Es ella quien nos ha traído en coche. Acabamos de despedirnos.

—Permiso por escrito —precisó el policía, pronunciando cada sílaba por separado.

—No sé nada de ningún permiso. Mi hija lleva su carné de identidad, viaja conmigo, está en mi pasaporte...

—Verá, siempre hace falta el permiso del otro cónyuge. ¿Cómo sé yo que usted y su mujer no están separados o divorciados, y que su hija no va contra su voluntad?

Tulio decidió mantener la calma. ¡Raptar él a Sonia para apartarla de Sigrid! Era una insinuación ridícula, que ni siquiera valía la pena desmentir. Sin embargo, el policía hablaba en serio. Tenía el gesto adusto de quienes son impermeables a la ironía, a las bromas, incluso a la compasión y al halago. Para colmo, otros viajeros, situados en una cola contigua —había dos largas colas separadas por un cordón rojo, y dos ventanillas, cada una con su policía— asentían con la cabeza, como si aprobasen aquel exceso de celo. Al final también él pensó que pudiera ser que se produjeran con frecuencia secuestros protagonizados por padres desaprensivos.

Enseguida volvió a su caso y objetó que el año anterior había ido con Sonia a París, también en avión, y nadie les había exigido nada.

—Ah, con Francia hay convenio de extradición —le informó el policía—. Si se produce una denuncia... Pero con el Reino Unido eso no funciona.

—¿Qué hacemos, entonces?

—Usted váyase, si quiere, pero ella se queda.

Al oír la propuesta fatal, Sonia se apartó con un gemido, como si hubiera recibido un golpe, y se retiró hacia el fondo de la sala. No sólo le impedían ir, sino que pretendían separarla de su padre.

¿Qué era aquello? ¿Una invitación al abandono? En busca de algún tipo de complicidad, Tulio escrutó los rostros de los pasajeros que aguardaban tras él, pero sólo encontró miradas de curiosidad y expresiones malhumoradas. Al fin y al cabo, estaban esperando por ellos. Mientras, la cola contigua seguía avanzando, y algunos desertaban para engrosarla.

—No me iré sin ella —proclamó Tulio con resolución.

Obviamente, el policía tampoco estaba dispuesto a ceder.

—La decisión es suya —dijo, como si se desentendiera de toda responsabilidad—. La agencia debería haberles informado de que, para viajar ustedes dos solos, necesitaban el permiso.

—¿Qué agencia? —preguntó Tulio, que no perdía su aplomo habitual pero en aquella situación se sentía extremadamente torpe.

—La agencia de viajes —respondió el policía en tono desabrido, y observó que ya no había nadie en la cola contigua—. Hagan el favor de pasar al lado. Mi compañero se encargará de ustedes —le dijo a Tulio, al tiempo que le devolvía la documentación y se disponía a atender a los viajeros que aún aguardaban.

Tulio traspasó el cordón rojo y depositó los papeles ante la segunda ventanilla. Para demostrar su voluntad de cooperación, añadió una fotocopia plastificada del carné de identidad de Sigrid, que siempre llevaba consigo.

Aunque era más joven y parecía más asequible, el segundo policía no dio muestras de sentirse impresionado.

—Esto no prueba nada —comentó, tras examinar el carné—. Si no le importa, hablaré con su hija.

Sonia seguía al fondo de la sala, paseando de un rincón a otro y lamentando su mala suerte. Tulio la llamó, y ella y el segundo policía se retiraron tras una mampara, a salvo de eventuales interferencias.

—A ver, mírame a los ojos y dime la verdad —le preguntó el policía, adoptando una actitud que a él se le antojaba tranquilizadora, pero que Sonia, desconfiada como siempre, interpretó enseguida como una trampa—. ¿Quieres ir a Inglaterra con tu padre?

Sonia dio un respingo. Desde que, un cuarto de hora antes, había surgido la dificultad, tenía la impresión de ser un juguete inerte, en manos de adultos caprichosos e ineptos. ¿Qué había hecho ella para que los policías le impidiesen embarcar? ¿Cómo era posible que sus padres no estuvieran al tanto de aquel requisito? ¿Una autorización de su madre, a su edad? ¿Cómo podía alguien dudar de su deseo de viajar, que se había vuelto aún más firme desde que parecía casi imposible de satisfacer?

—¡Son mis vacaciones! —exclamó—. ¡No pido otra cosa!

—¿Estás segura?

—¡Pues claro!

—No te preocupes por tu padre —insistió el policía—. No puede hacerte nada. Si tienes algo que contarme, ahora es la ocasión.

—Mi padre no va a hacerme nada —replicó Sonia, con los ojos llorosos—. Y yo sólo quiero ir a Londres.

El segundo policía negó tristemente con la cabeza. Quería ayudarla, pero no estaba dispuesto a saltarse las normas.

—¿Dónde está ahora mismo su mujer? —le preguntó a Tulio, cuando salieron de detrás de la mampara.

—Volviendo a casa, creo.

Les preguntó si llevaban teléfono móvil, y si podría hablar con ella.

—Telefonea a mamá, ¿quieres? —le pidió Tulio a Sonia.

Sigrid, que se encontraba en la rotonda de acceso a Benivent, no se decidía a contestar. Pero el móvil seguía sonando, con un tono lastimero que recordaba una llamada de auxilio, cuando se detuvo ante un semáforo.

—¿Señora de Ventura? —Siempre que se dirigían a ella de ese modo, Sigrid tenía la impresión de que preguntaban por una adivina—. Somos la policía de fronteras... Del aeropuerto, sí. Su marido y su hija iban a embarcar en un avión con destino a Londres, pero necesitamos su consentimiento por escrito... Sí, señora, ya sabemos lo del pasaporte... Le aseguro que está en la ley...

Por la expresión y las explicaciones del agente, Tulio comprendió que Sigrid pasaba al ataque. Intuyó su argumentación: ¿Qué norma era ésa? ¿Dónde estaba escrita? ¿Dónde quedaba la presunción de inocencia? Ella se encontraba a veinte minutos del aeropuerto. Si daba media vuelta, no llegaría antes del despegue. Y emprendería acciones judiciales contra ellos, si su hija y su marido perdían el vuelo.

Un hijo del jefe de la policía de Benivent era íntimo amigo de Darío. Si se veía en apuros, Sigrid sacaría a relucir esas relaciones. Seguramente ya estaba haciéndolo, a juzgar por el gesto preocupado del agente. El peligro, por supuesto, era que se sintiera presionado, y eso aumentara su intransigencia.

—Se equivoca. Le aseguro que se equivoca —se defendía el agente, al tiempo que retrocedía un paso. De pronto se avino—: Mire, les dejaré salir porque su hija tiene dieciséis años y acabo de hablar con ella. Pero si tuviera sólo un par menos, trece o catorce, pensaría que está coaccionada, y no les dejaría. Buenas tardes. —Colgó y se volvió hacia Tulio, para entregarle el móvil de Sonia y los papeles—. Su mujer —añadió, en tono quejumbroso— cree que hacemos esto por gusto.

—Son los nervios —argumentó Tulio, conciliador, aunque en su fuero interno siempre había estado orgulloso del carácter batallador de Sigrid—. Le molesta que la llamen cuando conduce.

Los demás pasajeros ya estaban en el avión. Cuando le mostraron sus tarjetas de embarque, una azafata sonriente quiso animar a Sonia:

—¿Eras tú el problema?

Sonia miró a la azafata fijamente, sin contestarle, como quien se ve obligada, a causa de su edad, a sufrir la estupidez ajena.

Ocupó su asiento junto a la ventanilla y cerró los ojos. El contratiempo la había extenuado. Cuando le ofrecieron el almuerzo, rechazó la bandeja revestida de papel de aluminio. Era una manera de distinguirse del dócil rebaño: negarse a compartir su comida engañosa. Contempló con un ligero desdén cómo su padre, entretenido en la tarea de ir abriendo los pequeños recipientes de plástico, acababa devorándolo todo, e incluso pedía más pan integral para acabar su ración de mantequilla.

Aterrizaron en el aeropuerto de Gatwick, en medio de una inesperada llovizna. El portugués que les recogió, un hombre de brazos tatuados, se perdió varias veces, y acabó confesando que nunca había hecho antes aquel trayecto. Le costó mucho llegar a Londres, donde volvió a perderse ante el asombro de Tulio, que se permitió orientarle en los últimos tramos: había estudiado la ubicación del hotel en un plano y conservaba un conocimiento somero de la ciudad, sobre todo de algunos barrios céntricos, fruto de los callejeos de su juventud.

Sonia quería descansar y quedarse en la habitación. Pensaba que no cabía esperar nada más de aquel primer día del viaje, y se sentía incapaz de reaccionar. Tulio le reprochó esa actitud. Intuía que les resultaría difícil volver a Londres juntos, y deseaba enseñarle rincones y escenarios, tanto para que ella los conociese como para justificarse ante sí mismo. Pese a cuanto había reflexionado sobre ella y le habían aconsejado, el sentimiento de culpabilidad nunca le abandonaría por completo.

Tras mucha insistencia la convenció. Esa misma noche contemplaron el pequeño Eros de Piccadilly, la casa de Newton en Jermyn Street, el bullicio semioriental del Soho, el desfile de audaces patinadores en el amplio foso de Trafalgar Square. En algunas calles soplaba un vientecillo gélido, destemplado.

Para suavizar la transición cenaron en un restaurante italiano. Sonia pidió una pizza vegetariana. Extrajo el relleno, como si hiciera una operación quirúrgica, y lo ingirió con voracidad, dejando la masa. Tulio, que no quería contrariarla ni tampoco entristecerse por algo que le causaba una desazón profunda, desviaba la mirada cada vez que recaía en el plato de su hija.

Durmieron poco esa noche y la mayoría de las siguientes, pero soñaron mucho. Acostumbrados al silencio del campo, alterado sólo por los animales y las tormentas, se despertaban continuamente al escuchar los ruidos del tráfico de la populosa urbe, que se encontraba sumida en uno de esos períodos de cambio y actividad frenética que la acometían de vez en cuando a lo largo de los siglos, como una fiebre, y de los que siempre salía rejuvenecida.

LA FOTO DE PORTOBELLO

Durante quince días, el clima demostró su variabilidad. Tan pronto llovía como estaba encapotado o lucía un sol cegador, que amarilleaba los parques y los poblaba de figuras yacentes de piel más o menos lechosa, enrojecida o de color tabaco. Sonia se lamentaba, porque no conseguía acertar con la ropa.

Convertidos en exploradores tenaces, recorrían la ciudad en todas direcciones. A Sonia le gustaba andar. Un día iban desde Chelsea a Highgate, por ejemplo, y otro desde los jardines de Kensington a la Torre. Como ella bebía agua continuamente —llevaba una o dos botellas en la mochila—, tenía que ir al baño con enojosa frecuencia. Discurrían por un parque inacabable o acababan de sentarse en una sala del Museo Británico, a la vista de la piedra Rosetta o de los mármoles del Partenón, y de pronto había que apretar el paso o levantarse, en busca de los servicios.

Tulio prefería visitar los lugares con calma, pero ella le apremiaba:

—¿Dónde vamos ahora?

En ocasiones, esa urgencia se apoderaba también de él, sobre todo en los museos que mejor conocía, y le llevaba a resumir en un par de frases, pronunciadas con la desidia de un guía, los cuadros y otros objetos relevantes:

—*El duque de Wellington,* de Goya. Se dice que las condecoraciones se añadieron después, por orden del duque.

O bien:

—Los toros alados, cumbre del arte asirio. Tienen cinco patas, de modo que parecen completos tanto de lado como de frente.

Le indignaba que sus explicaciones, aun siendo tan breves, nunca provocasen el menor comentario. Y es que aquellas antiguallas venerables apenas llamaban la atención de Sonia, que prefería fijarse en la manera de vestir de los jóvenes, en los actores que representaban escenas cotidianas en los escaparates de los almacenes *Selfridge's*, ante un montón de curiosos, o en las parejas que, al caer la tarde, hacían discretamente el amor en los parques.

¿Por qué tenía su padre que hablar siempre de cosas que sólo le interesaban a él, cosas, por lo común, muertas, inmóviles o mudas? ¿Por qué la llevaba a contemplar animales disecados, cementerios, momias? A ella le aburrían los simples datos. Quería experimentar nuevos sentimientos y dejarse llevar por ellos. Le hubiera gustado hacer aquel viaje con una amiga o, mejor aún, con un amigo. ¿Con Eduardo, con Javi? ¿Con Jordi, el hijo de Rainer y Carlota? Llevaba mucho tiempo sin verlos. ¿Cuándo conocería a alguien que fuese interesante de veras?

Mientras, Tulio pensaba que, de haber ido solo, habría pasado los días curioseando en las librerías o en las colecciones más singulares. ¿Pues no le había hecho ella renunciar a visitar la National Portrait Gallery, cuando estaban remontando la escalinata, con el pretexto de que ya habían visto bastantes cuadros aquella mañana?

En cambio, en la Tate Modern, Sonia se había detenido largo rato ante los monumentales paneles de Rothko, que parecían ejercer sobre ella una fascinación casi hipnótica. De vez en cuando, para mitigar el dolor de algún desencuentro reciente —tarde o temprano, a lo largo del día, acababan discutiendo por alguna minucia—, Tulio evocaba la imagen de su hija, de espaldas, con el largo cabello cayéndole sobre los hombros, absorta ante un cuadro abstracto de gran tamaño: una neblina rectangular de tonos castaños, que amenazaba con envolver y luego engullir una nube negra. Y él había respetado aquella fascinación y había guardado silencio para no enturbiarla.

De noche, en el hotel, para que Sonia pudiese apreciar cuánto habían andado, y animarla a planear nuevas excursiones, él le enseñaba el recorrido que acababan de completar, y que con frecuencia excedía los contornos del mapa. Ella le escuchaba sin comprender del todo. ¿De qué servía consultar el mapa cuando ya habían pasado por aquellos lugares? ¿Para qué recrearse en un trozo de papel arrugado? Le parecía que, aunque tenían mucho en común, su padre y ella eran muy distintos. Y esa idea la inquietaba pero también la enorgullecía, como una prueba de que, por caminos independientes, había desarrollado sus propios gustos.

Dedicaron un día entero a navegar en una barcaza río arriba, hasta Richmond y Kew Gardens, y otro río abajo, hasta Greenwich, donde se fotografiaron en el célebre meridiano, con un pie en Oriente y otro en Occidente. Tulio, que en sus viajes anteriores nunca había hecho esas travesías, disfrutó mucho con la contemplación del curso del agua y de las orillas cambiantes, donde edificios históricos se alternaban con construcciones recientes de fibra de vidrio, cristal y acero.

El sol se hacía sentir en cubierta. Mientras su padre se dejaba llevar por el espíritu de aventura fluvial —una aventura muy comedida, en cualquier caso— y se recreaba con sus recuerdos literarios, Sonia intentaba entender los pintorescos comentarios de los pilotos, que informaban puntualmente cuando se aproximaba, en lo alto de un rascacielos o a pie de tierra, la vivienda de un personaje del mundo del espectáculo: Robbie Williams, Hugh Grant o una de las Spice Girls.

Visitaron también el nuevo acuario. En un estanque poco profundo, rayas moteadas de amplias aletas coqueteaban con los espectadores, nadando hacia atrás y mostrándoles el vientre. Luego se les acercaban y se dejaban acariciar el dorso. Sonia estaba exultante. Sabía, como todos, que a los delfines les gusta ser acariciados, pero nunca había sospechado que un animal tan simple en apariencia como una raya pudiera disfrutar con esa actividad. Mientras admiraba sus evoluciones, pensó en lo mucho que a ella le incomodaban las caricias. Despacio, para no asustar a las rayas, sumergió la mano y aguardó, impaciente, hasta sentir el dorso levemente rasposo.

No consiguieron acceder a la abadía de Westminster —siempre estaba cerrada cuando llegaban a sus puertas—, pero sí a Saint Paul, donde se entretuvieron comprobando la celebrada acústica de la galería de los suspiros, y Tulio le mostró a su hija la tumba de John Donne, para cuya efigie fantasmal el poeta había posado en vida, envuelto en un sudario.

—¿John qué?

—John Donne. Mira, ahí está.

Quiso recitar la famosa meditación, pero descubrió que la recordaba mal, tanto en español como en inglés, y fue desgranando una suerte de versión libre

—*No man is an island, entire of itself*... Nadie es una isla, completa en sí misma. Cada persona es parte del continente, una porción de la tierra... Cuando el mar arranca un pedazo de costa, todos quedamos disminuidos, como si se hubiera llevado la casa de uno de nuestros amigos, o nuestra propia casa. La muerte de cualquier ser humano nos disminuye, porque estamos ligados a la humanidad. —Tulio bajó la voz y se apresuró, porque llegaba un grupo de turistas y empezaba a sentirse levemente ridículo—. No te molestes, pues, en preguntar por quién doblan las campanas. Doblan por todos nosotros, y también por ti.

—Cuando murmuras de ese modo, no entiendo nada —repuso Sonia.

Pero sí había entendido lo de la isla, y le había gustado. «Nadie es una isla...» ¡Por supuesto que no! ¿Cómo iba alguien a ser una isla? Era gracioso que a alguien se le hubiera ocurrido la posibilidad. Curioso poeta, el tal Donne.

Un sábado soleado se incorporaron a la hormigueante multitud que atestaba el mercadillo de Portobello. En algunas calles apenas podían avanzar sin rozarse con otros. Sonia se quitó la mochila de la espalda y la abrazó, por miedo a que alguien la abriera y le robase. Pero, poco a poco, la desconfianza se fue desvaneciendo. Era como participar en un gran desfile, cuya composición iba cambiando. Mirara donde mirara, había cosas que ver y que tocar.

Llevaban largo rato sin detenerse cuando, casi sin darse cuenta, entraron en un almacén de antigüedades, un edificio de dos pisos rebosante de tenderetes. En uno de ellos, especializado en fotografías viejas, un hombrecillo con aspecto de fauno les alentó a inspeccionar el contenido de sus carpetas.

Tulio se apartó, pero Sonia se sintió atraída. Extendió el brazo y empezó a pasar páginas. Había fotos de antiguas expediciones polares, de animales cautivos, de escenas de la vida callejera, de soldados cubiertos de barro en las trincheras de la Primera Guerra Mundial, de añejas atracciones circenses.

De pronto se fijó en el rostro de un piel roja muy guapo, de anchos pómulos brillantes, que lucía un tocado de plumas y un dibujo de líneas onduladas en la mejilla. Compartía una foto de tonos sepia con otros indios y con un hombre blanco de larga melena, bigote y perilla. Pero, a diferencia de los demás, que adoptaban actitudes de extrema seriedad e incluso de preocupación, era el único que sonreía. Y su sonrisa llamaba más la atención porque parecía firmemente asentada y transmitía una extraña calma.

Sonia pensó que no volverían a pasar por Portobello, y que le gustaría tener aquella sonrisa siempre a la vista. Preguntó el precio: treinta y seis libras. Su padre la miraba con curiosidad. Sabía que ella llevaba doscientas libras, pero hasta entonces no había gastado nada. No creía que fuese a comprar aquella foto. Para su sorpresa, Sonia dijo que la quería.

—Una buena elección —asintió el hombrecillo, y le guiñó un ojo.

Aquella noche, al llegar al hotel, Sonia colocó la fotografía en su mesilla de noche. Era una ampliación de treinta y tantos por cuarenta y tantos centímetros, enmarcada en un paspartú de color crema. Detrás había una anotación a lápiz que decía: «Buffalo Bill con un grupo de indios del Salvaje Oeste. Elliot & Fry, Londres. c. 1889».

—Los indios no eran muy amigos de que les hicieran fotos —dijo Tulio, conmovido por aquella manifestación inesperada de la personalidad de su hija, que interpretaba como un reflejo de sus propias aficiones—. Creían que la imagen de uno no debía reproducirse, y menos venderse.

—Eso lo entiendo. Entiendo que ellos lo vieran así.

—Les parecía que era como venderse a sí mismos, que se degradaban cuando lo hacían. Caballo Loco, por ejemplo, nunca consintió que le tomaran una foto.

—¿Y no hay fotos suyas?

—No, que yo sepa. ¿Te has fijado en ese indio, el que sonríe? —Sonia asintió, divertida, al comprobar que su padre no se había percatado de que precisamente había comprado la foto por aquel indio—. Las líneas que lleva en la cara son un signo de lluvia.

A los diez días, el cansancio empezó a hacerles mella. Tulio se resentía de una rodilla, indicio tal vez de una temprana artrosis. Sonia, por su parte, tuvo que comprarse unas zapatillas deportivas, porque le habían salido ampollas en los pies. Para colmo, le había bajado la regla —«la dama roja», que ella decía—, circunstancia que redoblaba sus visitas al baño.

Una tarde, mientras recorrían un parque, tuvo un ataque de ansiedad y se comió sin miramientos, casi con furia, todos los bocadillos y las golosinas que llevaba en la mochila. A Tulio, que se lo reprochó, le confesó que desde hacía algún tiempo estaba asustada. Temía adelgazar involuntariamente, de un modo repentino y exagerado, y volver a ingresar en la unidad. Tanto le acosaba el recuerdo de la sala número cuatro que dos noches antes había soñado que continuaba allí, tras aquellos barrotes, y que el viaje a Londres era una alucinación transitoria, provocada por los medicamentos.

Tulio quería decirle que no había motivo para preocuparse, pero se abstuvo, pensando que ella podía interpretar mal el comentario. Cierto que los contornos de Sonia parecían haberse redondeado un poco últimamente, como correspondía a su edad. No entendía por qué continuaba llevando aquella ropa de niña pequeña, demasiado ceñida, en la que apenas cabía.

Para acostumbrarse al sonido del idioma inglés, veían la televisión desde las camas. Una noche emitieron *El desierto viviente,* un viejo documental de Walt Disney sobre el desierto de Arizona. Tulio recordaba haberlo visto de niño en el cine.

De inmediato se sintió fascinado, como le ocurría con cuanto se relacionaba con su infancia. Había muchas secuencias conmovedoras: la danza nupcial de los escorpiones; el combate a muerte entre una tarántula y una avispa; la tierra cuarteada por la sequía; la impetuosa llegada de las lluvias, que lo anegaban todo, y el florecimiento repentino y fugaz de los cactos.

Pero lo que a Sonia le impresionó fueron las imágenes de unas rocas solitarias en la inmensidad del desierto. A su lado había unos rastros zigzagueantes, que se perdían en el horizonte. Eran, sin duda, las marcas que las propias rocas habían trazado en el suelo.

¿Qué fuerza invisible, se preguntaba el narrador del documental, podía haberlas empujado a lo largo de kilómetros y kilómetros, sino el viento? Pero nadie había visto nunca al viento actuar de ese modo.

La última noche, Sonia se despertó al oír unos gemidos ahogados, como estertores. En la penumbra se volvió hacia la cama contigua. Su padre tenía los ojos muy abiertos y agitaba los brazos, como si sufriese un ataque. Sonia se levantó, lo zarandeó y lo llamó a gritos:

—¡Papá, papá!

Creía que se estaba muriendo. Pero Tulio se despertó y la agarró por los hombros.

—No vuelvas a hacerlo —le dijo, de manera un tanto incongruente, con una voz cavernosa y distante que no parecía suya.

Sonia se zafó de un salto y volvió a su cama.

Al día siguiente, él le pidió perdón y le contó su pesadilla. Había soñado que se hundía y que, cada vez que intentaba gritar, la boca se le llenaba de tierra y se ahogaba. Había querido decirle que se encontraba bien y que no se asustara. Pero las palabras que le habían salido eran otras.

Era domingo, y el avión de regreso no despegaba hasta las tres de la tarde. Para entretener la espera, Tulio le propuso a Sonia visitar la casa donde Sigmund Freud había pasado el último año de su vida. Sonia aceptó, expectante. Recordaba el trabajo sobre la interpretación de los sueños que había hecho en el instituto, y le gustaba pensar que aquella visita estaba relacionada con la pesadilla que su padre había tenido la noche anterior. Por su parte, Tulio disfrutaba con la idea un tanto literaria de llevar a su hija, que se negaba a seguir recibiendo tratamiento psiquiátrico alguno, a la casa del fundador del Psicoanálisis.

Bajaron en la estación de metro de West Hampstead y recorrieron una animada zona de cafés y restaurantes al aire libre. Tardaron en encontrar la casa, porque carecían de un mapa detallado del lugar, y tuvieron que preguntar.

Era una edificación de ladrillo, con un jardín frondoso. El guía les cobró las entradas y les hizo pasar a una sala en penumbra, con las cortinas echadas. Un solitario haz de luz iluminaba teatralmente el diván, cubierto por un tapiz de tonos rojos y azules, donde Freud pedía a sus pacientes que se tendieran, mientras él escuchaba tras la cabecera, sentado en una butaca de respaldo cóncavo.

La atmósfera era casi religiosa. Padre e hija recorrieron despacio las sombrías habitaciones, asistieron a la proyección de un vídeo que incluía fotos de Freud pescando, en traje tirolés o con dos perros de raza china, ya en el exilio; contemplaron la profusión de antigüedades falsas y verdaderas, el bajorrelieve de una mujer pompeyana que andaba de puntillas, las fotografías enmarcadas, los libros alineados en sus estanterías.

Sonó el timbre, que alguien pulsaba con timidez. Mientras el guía acudía a recibir a los nuevos visitantes, Tulio le pidió a Sonia que posara ante el diván, para hacerle una foto.

Al tiempo que se encendía el flash, sonó la alarma. Era que, para acercarse al diván, Sonia había pasado al otro lado del cordón protector. El vigilante les llamó la atención pero sin acritud, casi con simpatía, como quien convive con el impulso transgresor desde hace mucho tiempo, y sabe que la vida abunda en tentaciones pequeñas e insignificantes, a las que no vale la pena resistir.

VIENTO EN LA CARA

Esa misma tarde, al entrar en su casa, se acordaron de la de Freud. Las persianas del chalé estaban echadas, el polvillo atmosférico flotaba en los estrechos haces de sol que aún se filtraban por las rendijas, los objetos familiares parecían expuestos como en un museo. Al encontrarse solos, madre e hijo también se habían tomado sus vacaciones: se levantaban tarde, llevaban a cabo únicamente las tareas imprescindibles, se bañaban una sola vez en la piscina y enseguida se recluían. Respiraban un ambiente de aire acondicionado, cada uno dedicado a sus aficiones. Pero al cabo de pocos días ya encontraban aquella vida demasiado monótona, y echaban de menos a los viajeros. Cuando llegaron, tanto Sigrid como Darío tuvieron la impresión de que el equilibrio se restablecía.

Sonia tardó casi una semana en deshacer el equipaje, como si se negara a admitir que estaban de vuelta o como si, de un momento a otro, fuese a partir de nuevo.

Tulio se preguntaba si había servido de algo aquel viaje. Había servido, al menos, para que Sonia cambiase de aires y entrara en contacto con otros mundos. Sonia en la barcaza, con los cabellos alborotados por la brisa del río; Sonia absorta ante los cuadros de Rothko; Sonia acariciando con gesto de prevención una raya moteada; Sonia inclinándose sobre la fotografía de Buffalo Bill y los indios; Sonia ante el diván de Freud eran imágenes que la memoria de Tulio atesoraría durante largo tiempo como raras reliquias.

A la propia Sonia, en cambio, le costaba resucitar esos recuerdos, en parte porque no los había almacenado del mismo modo —aunque había visto los Rothko, no se había visto a sí misma mirándolos—, pero en parte también porque le resultaban dolorosos. Eran la prueba de que había estado en Londres y había vuelto, y de que el viaje anhelado, con sus ilusiones, sus contrariedades, sus gratos pero fugaces descubrimientos, había quedado atrás para siempre.

Cuando revelaron las fotografías, toda la familia se sentó a verlas. Allí estaban Sonia y Tulio por separado o juntos —siempre había cerca algún solícito turista japonés que se ofrecía a inmortalizarles a cambio de ser retratado a su vez—, al pie del obelisco de Cleopatra, ante una pagoda roja de tejados superpuestos o junto a las airosas estatuas de bronce de Peter Pan o de Sherlock Holmes. Tuvieron mucho éxito las fotos en las que Sonia aparecía alimentando a cisnes y pelícanos ávidos, en las riberas de los parques, y también aquéllas en las que Tulio, el esforzado escritor, nunca bastante valorado, posaba ante los domicilios de sus colegas más célebres —Kipling, Conrad, Oscar Wilde—, señalando con estudiada displicencia las placas de cerámica azul que llevaban sus nombres.

—¡Pobre papá! Como no es famoso, nunca tendrá su placa —se lamentó Darío, que no desperdiciaba ocasión de burlarse cariñosamente de su padre.

De pronto, Sonia soltó una exclamación.

—¿Habéis visto éstas? —preguntó, tendiéndoles dos fotografías en las que aparecía una casa baja, de tejas rojas, con un reclamo en negras letras góticas: «The Old Curiosity Shop».

Sigrid las examinó sin entusiasmo.

—Son casi iguales.

—Eso es lo raro —explicó Sonia—, que no eran iguales. A papá le gustaba esa tienda, que sale en una novela...

—*Almacén de antigüedades*, de Dickens —añadió Tulio, solícito.

—Hizo una foto de la tienda sola —continuó Sonia— y luego me hizo otra a mí, junto a la tienda. Papá estaba en la acera de enfrente, tomando la foto. Desde donde yo me encontraba veía una ventana detrás de él, y a gente de una oficina que jugaba a lanzarse cosas. No me acordaría de todo eso si no hubiera estado aquí —señaló un punto de la fotografía.

—¡Pero si no estás en ninguna de las dos! —protestó su hermano.

—Eso es lo raro. Es como si fuera transparente —dijo Sonia, y se volvió hacia su padre—. ¿Te acuerdas, verdad?

Tulio asintió con la cabeza. Recordaba con claridad que había fotografiado a su hija delante de la vieja tienda, y tampoco podía entenderlo. ¿Un falso recuerdo, un espejismo compartido?

Días después, reflexionando sobre el asunto, repasó los negativos y encontró una foto completamente velada, que figuraba a continuación de las otras. Dedujo que no había hecho dos fotos de la tienda, sino tres, y que sólo en la tercera, la velada, estaría Sonia. Le sugirió esa explicación a ella, que se negó a aceptarla. Prefería confundir delgadez con transparencia, le gustaba imaginar que cuando perdía peso se volvía invisible para la cámara.

Quería contar el viaje a sus amigas, pero descubrió que en su ausencia casi todas se habían ido de vacaciones. No estaban Paula, ni Lara, ni Rosa María. Vio a Elsa, que continuaba pensando sólo en salir con chicos, y comprobó que seguían sin entenderse. Era como si hubieran tomado caminos distintos, que se alejaban cada vez más. Ni siquiera mostró entusiasmo por una camiseta que le había traído, y que llevaba estampada la reproducción de un cuadro de Rothko.

Por otra parte, no sabía nada de sus compañeras del hospital, ni de las que se habían quedado en la unidad ni de las que estaban fuera, como ella, y que al principio le habían escrito. Seguramente, a medida que se notaban más seguras, necesitaban menos apoyos. No era su caso. Añoraba sus llamadas de aliento y la intensidad de sus cartas, y sin ellas se sentía desmotivada. Renunció a ir en bicicleta y, pese al calor, a nadar en la piscina. Por las tardes sacaba a *Lana* y paseaban por el pinar.

Había hecho realidad el sueño de Londres, como antes había hecho realidad el de abandonar la UTCA. Ahora le aguardaba el instituto, y aún faltaba más de un mes para el inicio de las clases.

A media mañana se ponía a cocinar para todos, y al volver del paseo con *Lana* empezaba a preparar la cena. Viendo que así se relajaba, su madre consentía a regañadientes. Mientras pelaba patatas o vigilaba la sartén, Sonia iba y venía de la despensa, y se atiborraba de galletas, de frutos secos, de chocolate. Servía copiosas raciones para los demás, y cuando se sentaban a la mesa decía no tener hambre o encontrarse mal y se encerraba en su cuarto, donde hacía flexiones. A ratos imaginaba que nada era real por completo, y que vivía en un mundo de fantasmas que acababan desvaneciéndose o aparecían repentinamente alrededor de él, como si emergiesen de la niebla. Quizá ella misma era un fantasma, y por eso no salía en las fotos.

Una mañana bajó al sótano y se pesó. La báscula indicaba cincuenta y cinco kilos. Subió temblando y se desmoronó en la cocina.

—¡No volveré a comer nunca, nunca más! —gritó entre lágrimas—. ¡Quiero estar delgada!

Sigrid intentó demostrarle que, dadas su estatura y su constitución, los cincuenta y cinco kilos eran un peso razonable. Podía perder dos o tres kilos, pero no había motivo para perder más. Fue inútil. Sonia se empeñó en que tenía la cara hinchada, y también el vientre. Se pellizcó un muslo, terso y firme, y proclamó que tenía celulitis. Decía celulitis como quien dice lepra.

De nuevo estaba nerviosa, irritable, y su autoestima andaba por los suelos. Cierto que su fuerza de voluntad se había resentido, o no se decidía a emplearla. Y se aferraba a la enfermedad como el artista que se encariña con su obra y prefiere conservarla para sí, antes que someterla al juicio de los demás. Dudaba hasta de si realmente quería la curación.

La extensión de las novelas la desanimaba. No comprendía cómo años antes había leído *La historia interminable* o *El mundo de Sofía*. Empezaba un cuento y se aburría enseguida, porque no conseguía implicarse. La ficción le parecía artificiosa, los ensayos se le antojaban ejercicios de presunción, de arrogancia. Como de costumbre, los adultos se las daban de listos. Creían entender el universo e intentaban imponer su concepción a los jóvenes, con el pretexto de que tenían grandes ideas que transmitirles. Y a veces intentaban chantajearles, argumentando que algún día desaparecerían del escenario y ya no podrían darles consejos. Como su padre.

Tulio había vuelto a su trabajo. Estaba escribiendo una novela sobre los últimos años de Fritz Lang, un director de cine, para la cual llevaba meses investigando —toda la vida, según él—, y quería presentarla a un prestigioso concurso. Pero el plazo de entrega se acercaba peligrosamente, y le costaba concentrarse. A lo largo del día se distraía una y otra vez pensando que el viaje no había rendido los frutos esperados y que, aunque de un modo más difícil de contrarrestar, porque era menos visible, el substrato de la enfermedad persistía.

—No puedo leer tus libros. Me deprimen. No sé por qué, en vez de hacer caso a mamá, te empeñas en contar cosas tan tristes —le dijo Sonia un día, irritada, cuando él, para darle una ocupación y ayudarle a ganar algún dinero, le preguntó si quería pasar al ordenador una novela antigua, de la que sólo conservaba el original escrito a mano.

Después de haber estado dos semanas juntos, era como si se hubieran vuelto extraños el uno para el otro.

Una mañana Sonia se encontraba tumbada en la cama, sin deseos de levantarse. Le parecía flotar en una atmósfera cálida, pero sus pensamientos y sus músculos se hallaban en tensión. La persiana estaba alzada y la luz entraba a raudales por la ventana, que daba al jardín. Más tarde, la brisa sopló en la habitación y los visillos se agitaron, haciendo juegos de sombras movedizas.

A ratos, la foto de Portobello quedaba al sol. Sonia tuvo miedo de que se decolorase. Cuando se levantó para desplazarla y ponerla al resguardo, se quedó pensando en la historia que podía haber tras aquella foto de tonos sepia, en la vida de los pieles rojas en el tétrico Londres victoriano, en su forzada convivencia con los rostros pálidos, que les obligaban a exhibir sus habilidades ancestrales tras haberlos reducido a la esclavitud.

Era como si el joven indio de las líneas onduladas en la mejilla le alentase a saber algo más. Encendió el ordenador, acudió a su buscador habitual, Google, y seleccionó la modalidad de imágenes. Como no conocía los nombres de los indios presentes en la foto, escribió simplemente: «Buffalo Bill». Pronto descubrió que la demanda era excesiva: Buffalo Bill había sido un hombre extremadamente vanidoso, preocupado por el mantenimiento de su mito y por su atildada apariencia física. A juzgar por el número de imágenes suyas que circulaban por la red, había posado para las cámaras con una frecuencia asombrosa. Las fotos del legendario explorador, según informaba una nota aclaratoria, constituían una de sus mayores fuentes de ingresos. Sonia restringió el campo de su búsqueda a las fotografías de Buffalo Bill en compañía de indios.

Había algo más de un centenar. Fue examinándolas de una en una y ampliándolas. En muchas de ellas constaba la fecha y el lugar en que habían sido tomadas, y el nombre de los indios que posaban con el explorador: Buffalo Bill con Toro Sentado, con Pequeño Gran Hombre, con Oso Amarillo, con Castor Erguido y con Hombre Joven Preocupado por sus Caballos...

Había fotos publicitarias y postales con los indios de la compañía y con otros actores y caballistas en Londres, en

París, en Berlín, en Roma, en Nápoles. Incluso, sorprendentemente, en el puerto de Barcelona, junto al monumento a Colón. «Los únicos indios jamás vistos en Barcelona», proclamaba el pie de la postal, en inglés, olvidando a los nativos del Nuevo Continente que el propio Colón había llevado consigo, a su regreso del primer viaje. Era un pie recurrente: «Los únicos indios jamás vistos en Nápoles», o en Verona, o en Viena.

Entre las imágenes londinenses apareció por fin la versión digital de la foto de Portobello. «Buffalo Bill con sus indios. Foto anónima, tomada a finales del siglo XIX», decía la nota adjunta. Poco a poco, Sonia fue identificando a los indios que habían posado con el gran explorador blanco, y que aparecían también en otras fotos. Pero el joven atractivo de las líneas onduladas en la cara se resistía a tomar un nombre, y de momento sólo salía en aquella imagen.

—¡Sonia, Darío, Tulio, a comer! —gritó Sigrid desde la cocina.

Sonia miró el reloj y se sorprendió de que hubieran transcurrido más de tres horas desde que había encendido el ordenador: horas tranquilas pero apasionantes, en las que había ido de un hallazgo a otro. Al sentarse a la mesa, se disculpó por no haber ayudado a su madre.

—Así he podido hacer lo que he querido —dijo Sigrid—: puré de patatas con salmón.

—Seguro que Sonia ha estado haciendo collares —se burló Darío.

Pero su hermana no se dio por aludida. Comió ensimismada, el salmón inclusive, recogió la mesa y volvió a su habitación.

A media tarde la llamaron para la merienda.

—¡Ahora voy! —dijo distraídamente, pero se olvidó enseguida.

Sigrid y Tulio no insistieron. Darío salió de su cuarto, se hizo un bocadillo con queso y tomate y siguió viendo la fantasiosa saga de *El señor de los anillos.*

Empezaba a caer la tarde. Bajo los árboles del jardín había ya profundas manchas oscuras, que comenzaban a erguirse, como gigantes dispuestos al asalto, cuando Sonia encontró, en los copiosos archivos del departamento de Etnología del Smithsonian Institute, una foto del indio que buscaba.

Era un primer plano. El rostro lleno y sonriente del joven, con el dibujo de líneas onduladas en la mejilla, estaba enmarcado por un espectacular tocado de plumas y un collar de abalorios. Visto de cerca, el dibujo de líneas onduladas sobrevolaba el ojo izquierdo y alcanzaba la ceja correspondiente. Cada pluma llevaba en la punta lo que, según Sonia aprendería después, era un pequeño aderezo de crin de caballo.

El indio se llamaba Viento en la Cara, y su historia estaba resumida en una ficha: «Sioux del grupo oglala. Nació entre 1860 y 1862, en un lugar de las Colinas Negras llamado Escondites Numerosos. De niño recibió el nombre de Lento, pero al convertirse en guerrero lo cambió por el más elocuente de Viento en la Cara. En 1876 participó en la batalla de Little Big Horn (Pequeño Gran Cuerno), donde fue herido. Años después fue apresado y conducido a la reserva de Pine Ridge (Loma del Pino) en Dakota del Sur. De allí salió para participar en el espectáculo ecuestre de *Buffalo Bill* Cody. En 1889 viajó a Europa. Murió de pulmonía en Barcelona, España, a finales de ese mismo año».

Mientras volvía a leer la ficha, para asegurarse de que había entendido cada detalle, Sonia notó que se le aceleraba el pulso. Permaneció alerta e inmóvil, como si su conciencia fuese una parte independiente de su cuerpo. Al momento, sintió que la boca se le llenaba de saliva, y los ojos de lágrimas. Tragó la saliva ruidosamente y dejó que las lágrimas rebosasen y resbalaran en silencio por su cara. Había pasado mucho tiempo desde que en aquella misma habitación había llorado por *Conejito*.

No dejaba de pensar: ¿cómo podía sonreír Viento en la Cara? Se había enfrentado a los poderosos blancos y había perdido. Había padecido los rigores de una reserva y luego se había puesto a merced del vencedor, un hombre fatuo que lo había exhibido como un trofeo, llevándolo de una ciudad a otra. Imaginó una muerte sórdida, solitaria, lejos de las tierras que había defendido. Ni siquiera había cumplido los treinta años. Y sin embargo, sonreía. Se preguntó si seguiría sonriendo al morir.

Continuó llorando dulcemente, sin sobresaltos, hasta que se le acabaron las lágrimas. Y entonces se quedó más tranquila, porque ya no podía llorar.

Poco después sonaron unos golpes.

—Te hemos llamado para la cena —dijo Sigrid, abriendo la puerta.

—No os he oído.

—¿Te pasa algo? —Nada más enunciar la pregunta, Sigrid adivinó que era superflua, y que si le pasaba algo Sonia no se lo contaría. Miró hacia la pantalla—. ¡Qué indio tan guapo! No sabía que llevaran tatuajes.

—No es un tatuaje. Es pintura de guerra.

—Sea lo que sea, le queda bien. Anda, vamos.

—Hoy no voy a cenar. No me apetece.

—Hija, hay que comer de modo regular, ya lo sabes. Aunque sea un poco.

Sonia la miró con irritación.

—Déjame en paz, ¿quieres?

Permanecieron unos instantes en silencio, como desanimadas por el curso imprevisto de la conversación. Luego, Sigrid cerró la puerta tras de sí.

Sonia imprimió la foto del Smithsonian y la sujetó con chinchetas al tablero de corcho. A la media hora, bajó y le pidió perdón a su madre.

—Te perdono —le dijo Sigrid—, Sonia, pero antes me ha dolido.

—Ya sabes que detesto que me controlen.

—No intento controlarte. Te quiero mucho, ¿sabes? Todo lo que te ocurre es como si me ocurriese a mí.

—Creo que eso lo entiendo —reflexionó Sonia.

Esa noche, en la cama, oyó el rumor del viento agitando las ramas y luego una voz lejana, acariciante, que la llamaba muy despacio, como si no quisiera alarmarla:

—¡Soniaaa! ¡Soniaaa!

Se despertó a tiempo de ver un rostro de tez cobriza, que brillaba como si no perteneciese a la tierra y parecía flotar en la penumbra de un modo extraño. Era Viento en la Cara, que esta vez no sonreía ni llevaba el tocado de plumas. La miró fijamente mientras se alejaba como un globo que se eleva en el espacio. Los rasgos se difuminaron poco a poco, y el rostro se hizo transparente y desapareció.

Sonia encendió la lamparilla del cabezal y miró hacia el tablero de corcho, buscando el retrato que había impreso. Allí estaba. Sabía que había sido un sueño y, sin embargo, tenía la vívida impresión de que el rostro que se había inclinado sobre ella era real, y también la llamada. ¿Por qué las cosas tenían que ser sólo de un modo, y no de varios?

Al cabo de un rato apagó la luz e intentó dormir, pero se había desvelado. Pensaba en un niño indio que nunca parecía tener prisa y lo examinaba todo muy despacio, y al que por eso llamaban Lento. Aquel niño no quería crecer, pero tampoco podía evitarlo, y de mayor recibía el nombre de Viento en la Cara, porque le gustaba correr contra el viento o porque se sentaba a escuchar el sonido de los vientos otoñales sobre las altas hierbas. Se preguntaba si al menos habría tenido una infancia feliz, si habría seducido a muchas mujeres con aquella sonrisa, si se habría casado, si era padre.

Internet constituía una herramienta prodigiosa, pero de momento no daba más de sí, o ella necesitaba otro tipo de conocimientos. Se levantó, comprobó que sus padres dormían y que su hermano tenía cerrada la puerta de su cuarto —sin duda seguía inmerso en su mundo virtual de altos elfos, dioses menores y otras mitologías— y bajó a la biblioteca, que estaba en el sótano.

Buscó la estantería con las obras sobre la conquista del Oeste y los pieles rojas. Hojeó el volumen que había escrito su padre, y que precisamente se titulaba *Los pieles rojas,* y lo dejó; el tono era entusiasta pero grandilocuente, y el contenido demasiado general. Eligió cuatro libros, en los que esperaba encontrar alguna mención, por breve que fuese, a Viento en la Cara: el clásico de Dee Brown *Enterrad mi corazón en Wounded Knee* (Rodilla Herida); una biografía de Buffalo Bill, subtitulada *El rostro pálido más noble,* y dos testimonios de otros sioux de la época: *Alce Negro habla* y *Toro Sentado: el último indio.* Cargada con todos ellos, volvió a su cuarto y se dispuso a leer. Al cabo de unas horas, se durmió con el libro de Dee Brown en la mano.

Continuó leyendo a lo largo de los días siguientes. Su padre fue a verla y se quedó perplejo al reconocer los libros de los indios dispersos por el cuarto, en la cama, en el escritorio y hasta en el suelo.

—Si puedo ayudarte... —se ofreció—. Sabes que es uno de mis temas.

—Ya lo sé, ya. Gracias, pero no. Esto tengo que hacerlo sola.

«Lo más doloroso es que ni siquiera me permita enseñarle lo poco que sé», pensó él una vez más, al cerrar la puerta.

Con sumo cuidado, como si hilvanara las cuentas de un collar, Sonia reconstruyó una historia que no contaban los libros de texto. Al principio estaban los indios, solos. Un día llegaron los tramperos, los colonos, los soldados. Las codiciosas naciones europeas trasladaron sus rivalidades a América, buscaron aliados entre los indios y provocaron el enfrentamiento entre ellos. No sólo las guerras; las epidemias introducidas borraron del mapa a algunas de las tribus más populosas: algonquinos, hurones, iroqueses.

La independencia del país tampoco mejoró la situación de los indios. Los nuevos americanos de blanca estirpe no vacilaron en expulsarlos hacia el Oeste. Les garantizaron tierras y luego se las quitaron. Cheyennes, comanches, apaches, sioux; una a una, las orgullosas tribus de las praderas se lanzaron a una sangrienta guerra de guerrillas contra los intrusos y fueron arrinconadas, vencidas y obligadas a emprender el sendero de las lágrimas, un largo camino que conducía a los supervivientes a unas reservas minúsculas. Al final, los últimos indios remisos al cautiverio habían sido reunidos y diezmados junto al infausto arroyo de Wounded Knee.

Buffalo Bill, que tanto había contribuido a aquella epopeya genocida, se había convertido en un hombre de la farándula. Habló con el gobierno y con los encargados de las reservas, y les convenció de que dejaran a su cargo a un centenar de indios, para que interpretaran en público, ataviados con sus galas más llamativas, cacerías de bisontes, persecuciones de diligencias y asaltos a los fuertes. Entre los reclutados, que cobrarían una paga regular, se encontraban el jefe Viento en la Cara, su esposa Nube Movediza y su hijo. Sonia no encontró el nombre del hijo.

Tras una gira por todo el país, el espectáculo del Salvaje Oeste se trasladó a Europa. Los indios, que nunca habían visto el mar, se alarmaron. Temían morir lejos de sus tierras de origen y de la protección de sus antepasados. Buffalo Bill les garantizó que eso no ocurriría.

Un tren los condujo desde los agitados muelles de Gravesend al neblinoso Londres, donde se convirtieron en el tema de moda y recibieron la visita de la reina Victoria. Pasaron el verano en París y, tras una gira por el sur de Francia, llegaron a Barcelona a principios de diciembre.

Fue un desastre. La ciudad no atravesaba su mejor momento. Había mucha pobreza, y barrios enteros estaban aquejados de tifus, viruela, escarlatina o erisipela. La tuberculosis se cebaba en los adultos; el raquitismo en los niños, la gripe en todos. Nadie había tenido en cuenta la posibilidad de que hiciera frío, pero lo hacía, y mucho. Hubo que reducir el precio de las entradas a la mitad, porque el público acudía a cuentagotas.

Acuciados por el hambre, aquejados por las enfermedades que hacían estragos en los suburbios, los pobres de la ciudad rondaban el campamento del Salvaje Oeste y rebuscaban entre la basura. Los indios no habían visto tanta miseria ni en las terribles reservas de Dakota.

A los pocos días, muchos tenían escalofríos y fiebres, y el médico de la compañía no daba abasto. Buffalo Bill, según su biógrafo, ahogaba el virus en cubos de whisky. En vista de la situación, el Ayuntamiento les comunicó que tendrían que someterse a cuarentena. No podrían abandonar España ni sus borrascas invernales hasta que los funcionarios de Sanidad lo consintiesen.

Con un nudo en la garganta, Sonia leyó las escasas líneas que *El rostro pálido más noble* dedicaba al final sobre Viento en la Cara: «El día de Navidad de 1889 fue uno de los más sombríos en los anales del espectáculo. Otros indios habían muerto en Londres y en París —uno se había caído del caballo y otro había recibido, por error, un disparo de fuego real—, pero Viento en la Cara fue la primera baja por enfermedad. Este sioux, del que se decía que siendo muy joven había participado en el ataque final a las tropas de Custer, contrajo una pulmonía y murió entre estertores, tarareando una canción que expresaba su añoranza por las Colinas Negras. Buffalo Bill, que lo apreciaba mucho por su carácter animoso y conciliador, se encargó de que fuese enterrado adecuadamente».

Concluida la cuarentena, la compañía embarcó rumbo a Nápoles, donde murieron más indios. Para adaptarse a los gustos locales, el espectáculo fue tomando la forma de una competición ecuestre. Sonia encontró en un libro la reproducción de un cartel que mostraba a un grupo de jinetes de diferentes nacionalidades, cada uno con su indumentaria más pintoresca, participando en una carrera vertiginosa: un vaquero, un árabe, un piel roja, un cosaco, un charro mexicano y un gaucho blandiendo sus boleadoras. En el borde superior, un rótulo anunciaba: «El Salvaje Oeste de Buffalo Bill. ¡Cien indios! ¡Cien vaqueros y otros jinetes! ¡Doscientos caballos! ¡Bisontes auténticos!», y en el inferior otro preguntaba: «¿Quiénes son los mejores jinetes? Competición entre los pueblos salvajes, los bárbaros y los civilizados».

Cuando terminó aquella inmersión en la historia y las costumbres de los pieles rojas, en la mente de Sonia se agolparon las imágenes de dos tumbas. No había nada opresivo ni tenebroso en ellas. Una, apenas entrevista, era la de Viento en la Cara: una lápida borrosa y descuidada, en un cementerio ignorado. La otra, mucho más diáfana y suntuosa, era la del monumento funerario de John Donne, en la catedral de San Pablo. Ahora lo entendía: «Nadie es una isla, completa en sí misma...». ¡Qué cierto era! No se trataba de una extravagancia. Su padre había intentado decírselo, en palabras de ese tal Donne. Cada persona era una parte del continente, una porción de la tierra... Todos estaban ligados a la humanidad. Y, cuando uno moría o padecía, era un poco como si muriesen o padeciesen todos.

Los sioux creían que el espíritu sobrevivía a la muerte, pero que sólo descansaba cuando el cuerpo volvía a casa. Eso era lo que ella había leído. Pensó que tendría que hacer algo al respecto, que ése podría ser su objetivo. Los pieles rojas habían sido engañados, habían recorrido el maltrecho sendero de las lágrimas, habían sido destruidos y aniquilados. Todo eso era irremediable, pero quizá ella podía ayudar a que uno de ellos encontrase el camino de vuelta a casa. Claro que primero tendría que dar con su tumba.

Se hallaba en el dormitorio, sentada sobre la alfombrilla con las piernas cruzadas como el día en que *Ramsés* había saltado sobre *Conejito* y se lo había arrebatado. Durante largo tiempo, la idea de que acababa de contraer un compromiso con Viento en la Cara la retuvo en aquella postura, como si estuviera anclada en el suelo o como si necesitara hacer un gran acopio de fuerzas antes de levantarse.

LA BÚSQUEDA

Tenía miedo a volver a pesarse porque llevaba algún tiempo sin hacer más ejercicio que las flexiones, pero la obligaron. La balanza señalaba cincuenta y dos kilos y medio. No era poco, ni tampoco demasiado. Al menos había bajado un par de kilos. Lo importante, como su madre le decía, era que se sintiese bien consigo misma. Y se sentía bien. Se había mirado en el espejo del baño, y le había parecido que tenía la cara y el cuello más delgados y que el vientre se le había deshinchado un poco. O quizá era que se había acostumbrado a verse así. Debía desconfiar de sus sentidos, o acabaría convirtiéndose en una foca. Y entonces ya nada importaría, porque a las focas les tenía sin cuidado su propio aspecto.

Sus padres estaban sentados en un sofá del salón. Ella hojeaba un diario y él una revista, y a ratos miraban con una mezcla de resignación e interés el televisor encendido.

En aquel momento, un locutor de aspecto muy pulcro informaba sobre otro atentado que acababa de producirse en Bagdad.

Sonia se sentó en el brazo más alejado del sofá contiguo, que formaba ángulo recto con el que ocupaban sus padres.

—Lo siento —dijo, separando las manos—. Tengo... Hay algo de lo que quiero hablaros.

Sigrid acababa de leer un libro sobre el comportamiento adolescente, donde se recomendaba a los padres que fuesen menos críticos con sus hijos y que procurasen no desarrollar sentimientos negativos hacia ellos, y menos aún expresarlos. Mientras bajaba el volumen del televisor, se dijo que seguramente Sonia no iba a hablarles de un chico, porque llevaba mucho tiempo sin salir y también porque sabía o creía saber que ese tipo de confidencias, caso de producirse, lo reservaba sólo para ella. Fuera lo que fuese, confiaba en mantener la calma. Tulio, por su parte, pensó de inmediato en la opción que consideraba más catastrófica: que su hija hubiera decidido dejar los estudios. Siempre que se representaba mentalmente esa situación, él acababa pidiéndole que al menos siguiera intentándolo durante un año. No era pedir mucho, un año.

—Pues claro, Sonia —dijo Sigrid.

—Os va a costar entenderlo porque tú, papá, casi nunca me entiendes, y tú, mamá, me entiendes a veces, pero en este caso tampoco te va a resultar fácil. Sé que no os ayudo demasiado... —Tulio mostró ambas palmas, restando importancia a la observación de Sonia, pero ella lo interpretó equivocadamente—. No me interrumpas, ¿vale? Tengo que hacer algo respecto a Viento en la Cara, porque me importa mucho. Creo que hasta ahora nunca nadie me ha importado tanto, aparte de vosotros, claro. Y me da igual si es sensato o no lo es, o si no es real. Porque nada es real hasta que alguien consigue que lo sea, como hicisteis vosotros al conoceros o como papá hace cuando se pone a escribir una novela.

Hablaba con la mirada dirigida hacia abajo, donde sólo había una mesa de madera y cristal.

—Yo no puedo tener a Viento en la Cara porque ya no está, pero sí puedo buscarlo, o intentarlo al menos. Vosotros os tenéis el uno al otro y a Darío, supongo, y creéis tenerme a mí, pero yo no tengo nada, absolutamente nada, desde que perdí a *Conejito,* ni siquiera a mí misma, porque siempre estoy cambiando, y tampoco puedo tenerlo a él, porque vivió hace tiempo, y ya no siente el sol ni el viento en la cara. Por eso quiero encontrarlo, aunque tampoco pueda tenerlo. Al menos tendré mi propia historia, mi novela, aunque no la escriba. No sé si me bastará o no, pero puede que también algún día me ponga a escribir, si le veo un sentido, y que lo cuente todo, desde aquella mañana en que vinimos por primera vez, con *Nerón,* y...

Se calló, de pronto, cuando parecía que iba a continuar. Pero creía haberlo dicho todo, y es cierto que nunca había hablado tanto rato seguido ni con tanta vehemencia.

—Ese Viento en la Cara... —Sigrid titubeó—. ¿Es algún mote?

—Tranquila, mamá. Lo conoces. Lo viste el otro día en mi ordenador. Pensaste que llevaba un tatuaje.

—¿El indio? ¿Y dices que ya no está?

Sonia negó con la cabeza.

—Está muerto desde hace más de un siglo.

Sigrid miró a Tulio con reproche. Aquel interés por los indios de Norteamérica no era natural en su hija ni en nadie, y sólo su marido podía habérselo transmitido. Pero también Tulio estaba desconcertado.

—¿Tiene todo esto alguna relación con los libros que cogiste de la biblioteca? —le preguntó a Sonia.

—Y con la foto. La foto de Portobello.

—¿La foto... de Portobello? —repitió Tulio, dubitativo.

—Sólo que el dibujo de la cara no era un signo de lluvia, como tú decías, sino de viento.

Les resumió sus pesquisas: cómo había identificado al indio de las líneas onduladas gracias a Internet, y luego había leído sobre la tragedia de los pieles rojas y sobre Buffalo Bill, hasta encontrar la tenue pista de Viento en la Cara y descubrir que había muerto en Barcelona.

—¿Qué es lo que quieres exactamente? —le preguntó Sigrid, mujer práctica al fin y al cabo.

Sonia contestó con rapidez:

—Saber algo más. Encontrar su tumba. En uno de esos libros dice que Buffalo Bill se encargó de que fuera enterrado adecuadamente. Así que aún debe estar allí. Y, bueno, quizá haya alguien que lo reclame, no sé, y quiera llevárselo a casa. Esas cosas ocurren ahora. —Se dirigió a su padre, en busca de apoyo—. Tú me lo contaste. El negro del museo de Bañolas, y una mujer disecada que estaba expuesta en el museo del Hombre, en París. Me hablaste de ella cuando lo visitamos, pero ya se habían llevado sus restos.

—La mujer hotentote —asintió Tulio—. La habían devuelto a su país.

—También yo estoy a favor de los indios —intervino Sigrid—, pero me parece una pretensión muy poco realista. Ni tú eres una india, ni lo somos nosotros. ¿Sabes cuántos dramas hay en el mundo? ¿Qué vas a hacer? ¿Ponerte ahora a solucionarlos todos?

Los ojos de Sonia se humedecieron levemente.

—No sé si puedo solucionar uno sólo —repuso, con la cabeza baja.

—Si al menos fuese alguien vivo...

—Para mí es casi como si estuviera vivo. Antes no lo conocía, y ahora tengo la impresión de que... Vais a reíros, pero es un poco como si hubiera resucitado. Hay una idea en la que pienso mucho: los indios creen que sus espíritus no pueden descansar si sus cuerpos están lejos de casa.

—¿Lo crees tú? —le preguntó Sigrid.

—No, claro, aunque me parece importante que ellos lo crean. O quizá sí lo crea, no lo sé. En cierto sentido, todos somos indios. —Se volvió hacia su madre, sonriendo a pesar de las lágrimas—. Tú misma no naciste aquí.

—Eso no me convierte en india.

—Hace unos días me dijiste: «Todo lo que te ocurre es como si me ocurriese a mí». Nadie es una isla. Papá me lo advirtió.

—Creía que no me escuchabas.

—También yo lo creía. Pero ya ves que sí. Llevo mucho tiempo encerrada en mi cuarto, pensando. Lo único que os pido es que me dejéis pasar una semana en Barcelona. Eso me bastará. Si en ese tiempo no encuentro nada, volveré. Y, si no, también. No sé cuántos cementerios hay en esa ciudad, pero no pueden ser muchos.

—No, no puede haber muchos —repitió Tulio—. La verdad es que yo no he estado en ninguno. ¿Sabes si tu indio estaba bautizado?

—No...

—Si no lo estaba, tendrían problemas para enterrarlo en suelo sagrado. Seguramente lo llevaron al cementerio civil, con los no creyentes y la gente de otras religiones.

Sigrid pensó que, como siempre, el padre daba alas a la imaginación de la hija. Menos mal que ella estaba allí, para devolverlos al mundo real.

—Hay un asunto importante —dijo—, que los dos parecéis haber olvidado. El día diecisiete empiezan las clases. —Miró a Sonia con gravedad—. Ya perdiste un curso. No te conviene perder otro. Tendrás que averiguar el horario, habrá que encargar los libros de texto...

—Para entonces ya estaré de vuelta, si me dejáis ir.

—Mamá y yo vamos a hablarlo, ¿quieres?

Era una invitación a que los dejara solos. Sonia abandonó el salón y bajó al sótano, donde se entretuvo mirando una vieja guía de Barcelona, hasta descubrir que en ella no figuraban los cementerios. La llamaron enseguida. Con su estilo titubeante y minucioso, Tulio le explicó que estaban orgullosos de ella, pero aún se sentían responsables por lo ocurrido a principios de año y preferían no exponerse demasiado. Únicamente la dejarían ir con una condición, y era que se hospedase en casa de los Fromm, en Bellaterra.

Sonia aceptó enseguida. Rainer y su mujer, Carlota, se parecían bastante a sus padres —otra pareja de adultos protectores y seguros de sí mismos—, pero también estarían los hijos, Jordi y Katia, que siempre le habían caído bien y a los que echaba de menos. Lástima que no se viesen más que una o dos veces al año, durante tres o cuatro horas, y algunos años ni eso.

Tulio le advirtió que no se hiciera ilusiones. Que Viento en la Cara hubiese muerto en Barcelona y que Buffalo Bill se hubiera ocupado de su entierro no garantizaba nada. Lo más probable era que la sepultura no hubiera sido adquirida a perpetuidad, y que años después, al caducar el alquiler, la hubiesen reutilizado.

—Puede que acabara en la fosa común —concluyó.

—Sabía que tú me dirías algo así —replicó Sonia.

Esa misma noche, Tulio telefoneó a Rainer, le pidió que hospedara a su hija y le contó, emocionado, la historia de Viento en la Cara.

—No puede negarse que Sonia es hija tuya —le dijo Rainer, conmovido a su vez por la emoción de su amigo—. Dile que venga cuando quiera. Sabes que nos encantará tenerla aquí. Además, Katia y Jordi se pondrán muy contentos. En cuanto a la tumba del indio ése, le preguntaré a Carlota, por si conoce a alguien que pueda echarnos una mano.

—Pero sólo lo justo.

—¿Qué quieres decir?

—Sonia no se deja ayudar demasiado. Se enfadaría si le quitásemos la iniciativa.

—Son cosas típicas de la edad. Los míos también pasaron por eso.

Colgaron y, al cabo de un rato, telefoneó Carlota. Rainer le había hablado de Viento en la Cara, y a ella se le había ocurrido que Sonia podía consultar en Internet los diarios barceloneses de la época, por si daban alguna información adicional. Para que la influencia de Rainer y Carlota no resultara demasiado evidente, Tulio le transmitió a su hija la sugerencia como si fuera suya:

—No sé. Pensando en lo que nos has dicho y en lo que aún no sabes... Es posible que quizá ya exista en la red una versión digital de *La Vanguardia* o de *El Diario de Barcelona* de esos años.

Sonia se dio por aludida. Consultó la página *web* de la Biblioteca de Cataluña y buscó en la hemeroteca, sin encontrar nada de interés. Iba a desconectar el ordenador cuando se le ocurrió acudir directamente a los archivos de

El Diario de Barcelona. Por desgracia, sólo eran accesibles los últimos cuatro años. En cambio, los archivos de *La Vanguardia* estaban completos, desde su fundación en 1881. A regañadientes se suscribió para acceder a ellas, y su esfuerzo se vio recompensado casi de inmediato. El 2 de diciembre de 1889, *La Vanguardia* daba cuenta de la llegada de la compañía a Barcelona:

Estas Navidades nuestra ciudad va a añadir una atracción de renombre a las muchas que ya tiene. Se trata, ni más ni menos, que de uno de los espectáculos más emocionantes que cabe contemplar: el Salvaje Oeste de *Buffalo Bill* Cody, el fabuloso cazador y jinete. El que antaño fue adversario implacable de los indios se ha vuelto amigo de ellos y los ha contratado para su espectáculo, que incluye carreras de caballos, concursos de tiro, peleas entre indios y *cowboys*, una estampida de bisontes y el asalto a una diligencia correo.

La presentación de la compañía tuvo lugar ayer por la tarde, al pie del monumento a Colón. El propio Buffalo Bill, un hombre alto de mirada penetrante, nos aseguró, a través de un intérprete, que todo era auténtico y que en tres horas de espectáculo aprenderíamos tanto sobre el Oeste como si lo hubiéramos recorrido durante un año.

La carpa ha sido levantada en el recinto de la Ciudadela, en los terrenos de la Exposición. Al lado se alza un poblado de tiendas, donde los indios conviven con sus familias y es posible adquirir muestras de su artesanía, como cerámica, canastas, aljabas y flechas. Deseamos éxito al espectáculo del señor Cody, que ya ha sido visitado por el público y la realeza de media Europa.

Días después, el 13 de diciembre, el diario omitía hablar de las dificultades —enfermedades y escasa concurrencia— que afrontaba la compañía, y centraba su atención en la figura estelar:

William *Buffalo Bill* Cody, el fabuloso cazador del *Far West,* se ha convertido en una figura muy popular, y hoy puede decirse que no hay en Barcelona fiesta mundana que no aspire a incluirlo entre sus invitados. Ayer, sin ir más lejos, algunas autoridades de la ciudad, entre las que se encontraba el Excelentísimo Señor Alcalde Rius y Taulet, lo invitaron a un banquete de doce cubiertos en el Lyon d'Or.

Vestía Buffalo Bill un abrigo de piel de oso, bajo el cual llevaba su conocida chaqueta de ante con flecos. Los anfitriones le habían pedido que se hiciese acompañar por un indio de su confianza, y el célebre *scout* había elegido al jefe sioux Hombre Joven Preocupado por sus Caballos, que resultó ser un hombre de unos cincuenta años, con aspecto de aldeano, que se presentó con una manta sobre los hombros a guisa de capa. Pero cuando, tras las debidas presentaciones, los comensales empezaron a sentarse, el jefe indio se despojó de la manta y se quedó en camisa. Por tocado llevaba dos plumas de águila, en posición vertical. Ocupó asiento junto al marqués de Tenerife, que le hizo numerosas preguntas sobre la manera de combatir de su pueblo. Con suma cortesía, el jefe indio procuró satisfacer su curiosidad.

También brindó con cava, si bien su brindis se redujo a asegurar que era amigo nuestro, y que había renunciado a luchar, porque quedaban muy pocos de los suyos y no quería exponerse a morir. «En cambio», dijo, «los blancos son tan numerosos que, aunque cada indio matara a un blanco, ustedes no los echarían en falta, y sus ciudades seguirían llenas de gente.» Cuando se le preguntó si Buffalo Bill cuidaba de los indios del espectáculo, explicó que no tenían queja, que les pagaba lo acordado y siempre los trataba con respeto. «Yo puedo ponerle a cualquiera un gran sombrero, una camisa roja y un par de botas», añadió Buffalo Bill, «y llamarle vaquero, pero no puedo hacer lo mismo con cualquier hombre y llamarle indio.» Un colofón jocoso: el jefe Hombre Joven Preocupado por sus Caballos mostró predilección por nuestros postres, en particular por el flan de huevo y el requesón con miel, y dijo que no le importaría cenar en el Lyon d'Or cada noche.

Sonia continuó rastreando un día tras otro hasta que, finalmente, encontró la noticia que buscaba. Estaba fechada el 28 de diciembre de 1889, pero tenía la frescura de los documentos intemporales.

Anteayer por la tarde, el cuerpo de Viento en la Cara, el indio que a primeros de mes hizo nuestras delicias montando de espaldas en el espectáculo de *Buffalo Bill* Cody, fue expuesto en el Hospital Militar. Llevaba seis días en un lecho de la sala primera, aquejado de pulmonía. Desde el principio fue consciente de la gravedad de su estado, y a los periodistas que íbamos a visitarle nos decía en su lengua bárbara: «Los indios llegan y se van. Yo soy un hombre joven, pero también me voy. De niño conocí naciones enteras de indios que ya no existen, y alguna vez me moví como el viento. Ahora morimos de vuestras enfermedades. Yo mismo muero de la pulmonía del hombre blanco, y otros mueren de tuberculosis. ¿Qué tendremos que hacer para que comprendan que nos han vencido, y no nos causen más daño?».

Poco antes de expirar le manifestó a Nube Movediza, su mujer, su deseo de regresar a las Colinas Negras, donde nació, a reunirse con sus antepasados. Aunque el señor Cody le ha ofrecido el dinero necesario para trasladar los restos a Estados Unidos, Nube Movediza se ha negado a aceptarlo, por el temor, sin duda infundado, de que sean arrojados al mar.

Se ha dado la triste casualidad de que el día anterior a la muerte de Viento en la Cara falleció también una niña india, que se cayó del caballo durante el espectáculo. Cabe la posibilidad, pues, de que sean enterrados juntos. ¡Triste final para quienes no pretendían sino amenizar nuestras visitas al espectáculo del Salvaje Oeste!

Con el corazón en vilo, Sonia siguió consultando ejemplares de *La Vanguardia*. Pero no encontró más artículos sobre el tema. La compañía debía de haber abandonado Barcelona a mediados de enero. Y el misterio, en vez de solucionarse, persistía. ¿Habría encargado realmente Buffalo Bill una sepultura digna para Viento en la Cara, y también para la niña caballista, o todo habría sido una maniobra publicitaria del astuto aventurero, que su biógrafo se había limitado a transcribir?

En cualquier caso, aquel último artículo volvía a mencionar el deseo del indio moribundo de regresar a su casa, y reforzaba el anhelo de Sonia de encontrar su tumba. Se puso en el lugar de Nube Movediza y se preguntó qué habría sentido en aquel hospital, rodeada de médicos y de periodistas y velando por la salud del hombre al que amaba, y que inevitablemente se extinguía en una tierra extraña. ¿Y luego? ¿Qué habría sido de ella? ¿Habría seguido de gira por Europa o habría regresado a las incomodidades de la reserva? ¿Qué le habría ocurrido al hijo de ambos? ¿Cómo se llamaría? ¿Estaría también en Barcelona al morir su padre?

Sonia se miró en el espejo del tocador de su madre y, con un lápiz de contorno de ojos, se dibujó en el rostro unas líneas onduladas, desde la ceja a la mejilla, como las que Viento en la Cara llevaba en las fotos.

EL CEMENTERIO MARINO

Mientras esperaba en la estación de Bellaterra a que fuesen a recogerla, Sonia tuvo un ataque de pánico. Rainer y Carlota habían estado en Altura en abril, poco después de que ella saliera del hospital. A diferencia de otros amigos de sus padres, menos sensatos o cuidadosos, habían evitado referirse a su aspecto, y ella no había notado ninguna de esas miradas de curiosidad o de rechazo que los adultos le dedicaban al enterarse de que había padecido una anorexia. Pero había visto a Katia y a Jordi por última vez en Navidad, cuando pesaba treinta y ocho kilos. Desde entonces había bajado hasta treinta y dos y luego subido hasta cincuenta y cinco. Esa misma mañana, antes de partir, la báscula le había indicado algo más de cincuenta y un kilos. ¿Cabía la posibilidad de que todos aquellos vaivenes no se le notaran?

—¿Sonia? —preguntó una voz a su espalda.

Se volvió y vio a contraluz a un joven muy alto y desgarbado, de pelo largo, que llevaba las manos en los bolsillos. Sólo podía ser Jordi, pero había crecido tanto que costaba reconocerle. La parte superior de la cabeza de ella ni siquiera le llegaba al hombro. Y parecía más delgado, incluso demasiado delgado. Sonia iba a darle un beso, pero él se adelantó, tendiéndole una mano larga y huesuda.

—¿Qué tal? ¿Cómo estáis todos? —le preguntó ella, con la jovialidad de los recién llegados.

Al colocarse de lado para que el sol dejara de darle en la cara, vio que Jordi llevaba un pendiente con una pequeña pluma roja, que contrastaba vivamente con el color pajizo de su pelo.

—Muy bien. Ahora los verás. Me pidieron que te recogiera. —Se sonrojó—. Bueno, no hacía falta que me lo pidieran. Quiero decir que me habría gustado venir de todos modos.

Tenía los ojos luminosos, de un azul claro. Titubeó e hizo ademán de llevarle la bolsa de viaje.

—No, gracias.

—Como quieras.

Echaron a andar, él delante, por un sendero paralelo a la vía. Sonia pensaba que, además de haber crecido mucho, Jordi se había vuelto más tímido. Caminaba un poco encorvado, como si le avergonzara su estatura. Justo antes de llegar a un puente que sobrevolaba la vía, se apartaron de ésta y tomaron otro sendero, que discurría por un bosque de altos pinos. Una abubilla pasó por delante de ellos dando pequeños saltos, con la cresta baja, sin decidirse a levantar el vuelo.

—¡Pu-pu-put! —voceó Jordi.

Sonia se rió, y la abubilla echó a volar y desapareció.

La casa era un edificio de dos pisos plenamente integrado en la arboleda, con un espacio para los coches en la planta baja. Los Fromm vivían en el segundo.

Jordi abrió con su llave y Katia, al oírlos, salió a su encuentro. También ella había cambiado. De pronto, Sonia era consciente de la diferencia de edad: su amiga era tres años mayor. No solamente llevaba los ojos pintados. Los rasgos se le habían afinado y parecía más tranquila, menos espontánea, como si ya hubiese adquirido ese fondo reservado de los adultos. ¿Por qué razón las personas tenían que crecer tan aprisa? Sonia contempló con envidia la esférula de metal que Katia lucía en el ombligo. ¡Cuántas veces le había pedido ella a su madre que le dejara llevar un *piercing* como aquél!

Rainer, alegre y cariñoso, acudió desde el fondo del pasillo, donde se encerraba para meditar sobre los entresijos de la mecánica cuántica. Acostumbrada a verlos juntos, Sonia pensó inmediatamente en su padre. Como él, Rainer daba la impresión de estar siempre buscando algo: unas gafas, un libro, la juventud recién extraviada.

Dejó la bolsa de viaje en un dormitorio, el mismo donde había estado en su visita anterior con Darío, tres o cuatro años antes, y ayudó a Katia en la cocina. Cuando Carlota llegó del trabajo, se sentaron a cenar: merluza a la plancha y potaje de acelgas. A la hora de tragar el pescado, Sonia tuvo arcadas, pero lo disimuló. Le aliviaba comprobar que ni siquiera se fijaban en lo que comía, ni en si se había servido mucho o poco.

Rainer habló de cuando Tulio y él eran niños y cada sábado iban al cine, en Alicante. No se acordaba de aquel documental, *El desierto viviente,* pero cuando Sonia le habló de las rocas que dejaban un rastro argumentó que eso sólo podía ocurrir después de un aguacero, y no sobre la arena sino sobre una superficie de arcilla, que tras la lluvia quedaría temporalmente mojada y resbaladiza. En esas circunstancias, quizá un viento muy fuerte conseguiría mover una roca de cien kilos o más.

—Si en vuestra infancia hubieran existido los teléfonos móviles —le sugirió Katia a su padre—, Tulio y tú os habríais llamado desde la puerta del cine y no habríais tenido tantos problemas para encontraros.

Sonia comentó que Tulio seguía sin usar móvil, y Rainer le preguntó si, ya que los indios le interesaban tanto, no querría estudiar Antropología. Ella le respondió que aún no lo sabía, que siempre había pensado en la Medicina y que tampoco estaba segura de si la Antropología podía cursarse en Alicante o en Elche.

—Pues hablamos con tus padres y te vienes aquí.

Sonia y Jordi se miraron fugazmente, como si cada uno buscara la aquiescencia del otro.

—No creo que me dejen.

Iba a añadir «después de lo que ha pasado», pero se abstuvo.

Katia le preguntó si era verdad que había empezado a pensar en aquel indio al verlo en una foto, y Sonia pasó a contarles la historia de Viento en la Cara.

—Me gusta más tu versión que la de tu padre —dijo Rainer, cuando les habló del sueño en que había oído la voz del indio.

Sonia agradeció el elogio, porque se suponía que su padre era el narrador de la familia, y descubrió el poder de los contadores de historias, que es el de Scherezade: alargar o abreviar las partes del relato a voluntad, añadiendo detalles o simplificando para provocar emociones concretas. A ratos callaba y le hacían preguntas, y era como si algo del pasado llegara hasta la casa del bosque de Bellaterra y hasta ellos, la perdurable figura de un bisonte pastando o la de un indio pintarrajeado, con el torso desnudo, lanzando su caballo a la carrera y disparando flechas a los lados.

Fue una noche memorable, que Sonia evocaría una y otra vez durante los meses siguientes, para olvidar el aburrimiento del curso: la noche en la que había conocido el placer de contar y el de ser escuchada con atención.

A la mañana siguiente, cuando se levantó, todos se habían marchado, salvo Jordi. Yacía en el amplio diván del salón, leyendo la última novela de Harry Potter, pero se incorporó al verla. Efectivamente, estaba demasiado delgado, porque bajo la camiseta de manga corta se le notaban las clavículas.

—¿Te gusta? —le preguntó ella, señalando el libro.

—Sí, mucho —contestó él, muy serio—. Para mí es la más entretenida de las cinco.

Como Sonia no había leído ninguna, no podía opinar.

Se alegró de que tuvieran leche desnatada y se preparó un tazón de cereales, pero dejó la mitad. Empezaba a sentirse nerviosa.

Jordi le tendió la guía telefónica para que buscara el teléfono del Ayuntamiento de Barcelona. Sonia marcó y preguntó por la sección de Cementerios.

—*Serveis funeraris. Digui'm.*

—Hola, buenos días. Necesito una información... Me gustaría saber en qué cementerio está enterrada una persona.

—¿En qué cementerio? ¿Es usted pariente?

—No, no lo soy.

Se produjo una leve vacilación.

—¿Fue enterrada aquí, en el término municipal?

Sonia asintió.

—Dígame la fecha.

—Entre el 28 de diciembre de 1889 y... —titubeó, dándose un amplio margen— el 5 o el 6 de enero de 1890.

Hubo un silencio incómodo.

—Lo sentimos —dijo la funcionaria—. Ese tipo de información requiere varias consultas, y no podemos dársela por teléfono. Si quiere pasarse por nuestras oficinas, le atenderemos con mucho gusto...

—No sé si tendré tiempo. He venido de viaje, ¿sabe?, y me volveré pronto. ¿No podría...?

—Lo siento —repitió la funcionaria, tajante.

—¿Puede decirme al menos dónde estaba entonces el cementerio civil?

Sonia oyó cómo la funcionaria hablaba con otra persona y hacía la consulta, antes de explicarle que, desde 1883, el antiguo cementerio civil se encontraba en el Cementerio del Suroeste, en Montjuic.

—¿Y puede visitarse?

—De ocho de la mañana a cinco y media de la tarde, todo el año. ¿Algo más? —preguntó la funcionaria con repentina impaciencia, y Sonia se apresuró a decirle que no.

Cogió la mochila y puso en su interior la cámara, el móvil y una botella de agua.

Jordi esperaba una indicación para acompañarla. Tiempo atrás, al saber lo de su anorexia, había llorado una tarde entera y hasta había telefoneado por decisión propia a los padres de Sonia, para ofrecerles su apoyo. Siempre le había parecido una chica extravertida y feliz, y aún no podía entender lo ocurrido. Viéndola ahora —se había preparado para encontrarla muy desmejorada—, costaba creer que hubiera pasado tantos apuros. Le hubiese gustado pasar el día con ella. Además tenía el sentimiento de solidaridad propio de algunos jóvenes y disfrutaba ayudando a los otros. Pero sus padres le habían dado instrucciones concretas para que no la acompañase si ella no se lo pedía, y temía meter la pata si se mostraba demasiado inquisitivo.

—Bueno, me voy ya —dijo Sonia—. De haber sabido que abren el cementerio tan pronto, me habría levantado antes. No creo que vuelva hasta la noche.

Jordi la siguió hasta la puerta.

—Si necesitas algo, llámame. ¿Tienes nuestro número?

—Sí.

Por una ventana la vio alejarse entre los pinos.

Sonia acababa de tomar el cercanías cuando lamentó no haber sido más amable con Jordi. La tomaría por una engreída, pensó.

En la plaza de Cataluña subió a un autobús de la línea 38. Veinte minutos después, el vehículo ascendía con determinación por la falda del Montjuic.

Sonia se apeó a la entrada del cementerio, en una plazoleta bordeada de plátanos frondosos. Bajo los árboles, sentados en bancos de madera, unos ancianos parecían aguardar su turno. Sonia traspasó las verjas y se quedó asombrada al mirar hacia arriba y ver las altas paredes de nichos y las grandes extensiones de tumbas dispuestas en terrazas, como los arrozales en Oriente.

Un hombre vendía planos del cementerio tras una ventanilla. Sonia pensó en la afición de su padre por los mapas, compró uno y lo desplegó. Como cabía esperar, el nombre de Viento en la Cara no figuraba entre los enterrados ilustres, como Durruti, Companys o la familia Batlló, de quienes Sonia no había oído hablar. Pero el antiguo cementerio civil estaba perfectamente delimitado, en una agrupación que llevaba, quién sabe por qué razón, el número trece.

Sonia se encaminó hacia allí. Soplaba un viento fresco, húmedo y salado por la proximidad del mar; un viento que, a juzgar por los troncos inclinados de algunos árboles, ejercía su acción de un modo casi permanente. Las tumbas, muchas de rasgos modernistas, llenaban las terrazas escalonadas. En un panteón, el ángel de la resurrección, con las alas plegadas, tocaba la trompeta, y muertos de todas las edades asomaban bajo una losa de bronce y la levantaban. En otro, un esqueleto sostenía la puerta, como si invitase al visitante a bajar a la cripta. Por doquier, las paredes de los nichos se erguían como los muros de una fortaleza.

Al pasar, Sonia vio una lápida cubierta de exclamaciones lastimeras: «¡¡¡Hija!!! ¿No nos oyes? ¡Contesta!», y durante un instante fugaz pensó que era la suya.

Llegó a la zona civil, que antaño había estado separada del resto del cementerio y hasta había tenido un acceso distinto, y se entretuvo leyendo las inscripciones de nichos y losas sepulcrales, primero al azar y luego en orden, de izquierda a derecha y desde arriba hacia abajo, como si cada pared de nichos o cada cuadro de tumbas fuera un libro gigantesco.

A ratos, la visión de tanta blancura, exacerbada por los rayos del sol, la obligaba a desviar la mirada hacia el mar oscuro, que parecía amansarse y volverse más claro a medida que se acercaba a los muelles.

Transcurrieron las horas mientras se aplicaba a aquella suerte de arqueología funeraria. Como quería aprovechar el tiempo al máximo y no había tenido la precaución de llevar comida, decidió prescindir del almuerzo. Un poco de ayuno le vendría bien, y ya tomaría algo al volver a casa de los

Fromm. Además, la botella de agua le daría una sensación de plenitud.

De vez en cuando se topaba con una losa desgastada o resquebrajada, de difícil lectura, y se preguntaba si no sería la que buscaba. La mayoría eran inscripciones convencionales. Otras, en cambio, llamaban la atención porque sugerían un drama, pero no lo aclaraban del todo. «Ramón Abad, suicida», decía una, sin especificar fechas. Y otra, más prolija: «Aquí yace el cadáver de Don Manuel Negueroles, asesinado alevosamente la noche del 27 de noviembre de 1911». ¿Qué habría llevado a los supervivientes a grabar en la piedra ese dato criminal, que reducía la historia de un hombre al instante de su muerte? ¿Quién habría sido aquel Manuel Negueroles, del que sólo importaba que cierta noche había sido asesinado?

Algunas mostraban la estrella de David o lucían apellidos noruegos, daneses, alemanes. Las inscripciones de otras parecían sugerir un escepticismo o una fe peculiares: «Nació, vivió y murió, como todos», o bien: «Todo se acaba, y al acabar empieza».

Tras leer cientos de inscripciones, Sonia decidió que ninguna era completamente satisfactoria, porque no había modo de expresar con palabras, en un espacio reducido, la complejidad de una vida. Mejor no poner nada. Una lápida en blanco o ni siquiera eso: ser incinerada y enterrada en el jardín, como una más entre todos los animales que la familia había tenido, junto al fiel *Nerón*. Se distraía con esas reflexiones y luego se animaba a seguir buscando.

Al darse la vuelta para cambiar de hilera, observó que por una de las avenidas semicirculares que daban acceso a las terrazas superiores subía un cortejo fúnebre. Delante iba el coche mortuorio, con las coronas adosadas, y detrás un cura con la sotana llena de viento, un monaguillo que sostenía con dificultad la cruz alzada y los parientes enlutados. Dos mujeres sujetaban sus sombreros de ala ancha con ambas manos, para impedir que volasen. A la luz cruda y rutilante de la tarde, bajo el cielo despoblado, el cortejo parecía un animal extraño y fabuloso enfrentado con una fuerza invisible.

Mientras los miraba, el coche y los acompañantes se ocultaron tras una pared de nichos, y fue como si el entierro se hubiera consumado. En aquel momento, Sonia se sintió agradecida por estar viva, por haber sabido remontar la enfermedad, por encontrarse de este lado y no del otro. Era como si durante una época hubiera estado hibernando, o encerrada en un capullo, y viera la luz de nuevo. Consideraba una crueldad enterrar a alguien en un día tan hermoso, lejos de aquel sol.

Siguió inspeccionando las lápidas del antiguo cementerio civil hasta que creyó haberlas leído todas, y entonces emprendió el descenso, cuando ya sonaba la campana que anunciaba el cierre.

Los Fromm, que se habían puesto de acuerdo para consolarla en el caso, harto probable, de que no encontrara nada, sobre todo el primer día, se asombraron al verla llegar, exultante.

—Me he cansado, pero también he aprendido mucho. Mañana volveré.

—Quizá tengas que buscar también en el cementerio de Poble Nou —sugirió Carlota.

—Sí, lo haré —dijo Sonia, aunque estaba convencida de que la tumba de Viento en la Cara se encontraba en Montjuic.

Tenía que estar allí y, sin embargo, temía que al final no estuviera.

Ayudó a preparar la cena, y aunque sentía hambre, no quiso probar nada. Era como si hubiera hecho una promesa: si ayunaba le resultaría más fácil encontrar la tumba. Notó que los Fromm se alarmaban un poco y accedió a sentarse a la mesa.

Como la conversación era entretenida, empezó a comer pan y de pronto se horrorizó, porque había dado cuenta de más de media hogaza.

—Vaya, casi os dejo sin pan.

—Hay más, no te preocupes —le dijo Katia, animosa—. ¿Quieres que después juguemos al *scrabble?*

Carlota y Rainer aprovecharon para retirarse y los tres jóvenes desplegaron el tablero y se pusieron a repartir fichas y a cruzar palabras. Cuando lo dejaron, una hora más tarde, Sonia y Katia tenían casi los mismos puntos. Jordi, que las seguía a distancia, se excusaba diciendo que no había querido esforzarse.

Esa noche, en la cama, al repasar los acontecimientos del día, Sonia imaginó que unas lápidas sin inscripción o, a lo sumo, con una letra y un número, como las fichas de un *scrabble* gigantesco, desfilaban ante ella.

Y de pronto se le ocurrió. Era sencillo, portentosamente sencillo... Su error consistía en que había estado buscando una inscripción legible, cuando la lápida de Viento en la Cara, si es que existía, podía llevar una inscripción de otro tipo, un dibujo o un jeroglífico. Como muchos pueblos nómadas, los indios de las praderas no escribían ni leían. Utilizaban pictogramas, imágenes que equivalían a nombres de personas, a palabras, a narraciones enteras. Cabía la posibilidad de que aquel día hubiese visto lápidas con símbolos varios, como la estrella de David —de hecho, recordaba haber visto otras con compases y escuadras—, pero, llevada por la prisa, no se hubiera detenido a considerarlas.

Había pedido que la despertasen temprano. El desayuno ya estaba servido, pero lo rechazó con el sencillo argumento de que no tenía costumbre de desayunar tan pronto. Ni Jordi ni Katia se habían levantado.

Tomó el tren de las siete y veinte con una Carlota y un Rainer somnolientos, que iban a Barcelona a trabajar, y llegó al cementerio de Montjuic una hora después. Se encaminó a la parte civil y empezó a rastrear las losas, despacio y con orden. Un gato gris, que seguramente había pasado la noche entre las tumbas, se frotaba de vez en cuando contra sus piernas.

Poco antes de la una se fijó en una lápida enhiesta, sobria y desgastada, en la que apenas se distinguían unas líneas onduladas, como olas, y unas rectas que convergían en un punto, como una estrella rudimentaria. Dio un grito de júbilo, porque las líneas onduladas eran las mismas que Viento en la Cara llevaba en la mejilla. Una mujer de edad avanzada, que estaba disponiendo unas flores en el búcaro de un nicho, la miró con preocupación y sacudió la cabeza.

Con un dedo trémulo, como haría un ciego, Sonia repasó las líneas. Sentía como si una fase de su desarrollo interior se hubiera cumplido, como si en aquel mismo momento estuviese creciendo. De ser un árbol, su tronco habría empezado a echar un nuevo anillo.

Había imaginado la posibilidad de que aquello sucediese, pero no cómo sacarle partido. Memorizó el lugar y, por mera precaución, hizo un par de fotos antes de alejarse, convencida de que en ellas no se vería nada. Salió del cementerio. Una hora después volvió a entrar y a subir.

Encontró la tumba enseguida, sin vacilaciones, como si fuera una visitante asidua. Sentada en cuclillas, repasó las líneas onduladas y la estrella con un carboncillo de los que usan los pintores para hacer esbozos, y que acababa de comprar en una tienda de materiales artísticos. Hizo nuevas fotos y calcó las figuras con un papel, para obtener una reproducción a tamaño natural, como había oído decir que hacen los arqueólogos con las inscripciones antiguas. Sólo entonces se relajó y, arrodillada, rompió a llorar.

—Viento en la Cara —decía entre sollozos—, Viento en la Cara...

Se sobresaltó al notar un roce. Era el gato de las tumbas, que se frotaba contra ella.

LA AMIGA DEL VIENTO

La confirmación de que aquellas señales grabadas en la piedra correspondían a Viento en la Cara y a la niña caballista le llegó a Sonia dos semanas después, cuando ya habían empezado las clases en el instituto, y le sirvió de grato consuelo. Carlota había acudido a los servicios funerarios municipales, y había insistido hasta conseguir el certificado necesario. Según constaba en los archivos, Viento en la Cara, de veintiocho años de edad, y Estrella Fugaz, de ocho, habían sido enterrados en el cementerio civil de Barcelona el 30 de diciembre de 1889. Y William Frederick Cody —así figuraba Buffalo Bill en el registro— había estado a la altura de las circunstancias, adquiriendo una tumba a perpetuidad para los dos.

Sólo entonces se atrevió Sonia a enviar un *e-mail* en inglés a la reserva de la Loma del Pino, en Dakota del Sur, con un breve relato de su descubrimiento y una foto de la lápida.

Lo mismo hizo con el *Rapid City Journal,* de Rapid City, la ciudad más próxima a la reserva, y el *Lakota Times,* un diario de cuya existencia ni siquiera estaba segura. Era como enviar tres mensajes en botellas distintas. Alguna botella llegaría a una playa remota y, con suerte, sería abierta y contestada.

Las direcciones electrónicas de la reserva y del *Rapid City Journal* las había obtenido en Internet. En cambio, la del *Lakota Times* se la había facilitado Jordi Fromm.

Después del regreso de Sonia a Altura, Jordi había desarrollado una afición paralela. Se entretenía navegando también en pos de los pieles rojas y de la muchacha fugitiva que se interesaba por ellos, y a la que empezaba a ver como una suerte de cometa errante, que a ratos aparecía y desaparecía de su vida, dejando tras sí una estela de afectos apenas esbozados.

Ahora intercambiaban *e-mails* en los que ambos se quejaban de sus profesores y de la monotonía de los estudios, más monótonos para Sonia, que repetía curso y que aún recordaba bastante bien los temas que había estudiado durante el primer trimestre del año anterior, antes de deslizarse por la brusca pendiente de la anorexia. De vez en cuando, como quien no quiere la cosa, uno de ellos dejaba entrever que le gustaría reunirse de nuevo con el otro, en Altura, en Bellaterra o donde fuera.

—Que te vaya bien —le había deseado Jordi al despedirse—. Si vuelves a Barcelona y no vas de cementerios, me gustaría acompañarte.

A continuación se había inclinado para darle un beso amistoso, y al apoyar su mejilla contra la de él ella había sentido el roce de la pluma roja.

Pese a la rapidez del correo electrónico, que sin duda facilita mucho las relaciones epistolares, Sonia intuía que encontrar a los parientes de Viento en la Cara, en el caso de que existieran, sería mucho más arduo que encontrar la tumba. De hecho, dos de las botellas que había lanzado se perdieron, o no tuvieron respuesta. Pero la tercera llegó a su destino.

Un día, tal como al cabo de un tiempo él mismo contaría en los periódicos, Eric Zorro Risueño llevó a su madre, Bessie Zorro Risueño, una mujer enjuta de noventa y dos años que gozaba de una salud de hierro, a una consulta rutinaria, en una clínica de Rapid City. En la sala de espera, Eric se puso a hojear un ejemplar del *Journal.* De pronto se fijó en una nota, redactada en forma de aviso, que daba cuenta del hallazgo de la tumba del sioux Viento en la Cara en un cementerio de Barcelona, en España.

En vez de publicar la carta de Sonia entera, el diario había preferido extractarla.

Desde niño, Eric Zorro Risueño había oído hablar de su bisabuelo, de las mágicas visiones de su juventud, de su temprana lucha contra los invasores blancos y de su habilidad para montar de espaldas. Eran historias que él mismo había referido a sus hijos y a sus nietos, como las aventuras de Pequeño Coyote, el misterio del alce o los relatos sobre el cambio de las estaciones. Cuando descubrió que Viento en la Cara no sólo merecía las atenciones del *Journal,* sino que habían encontrado sus restos, se quedó atónito.

Estaba a punto de cumplir los setenta años, pero en aquel momento los recuerdos se juntaron en su mente y volvió a sentirse como un niño. No sabía si decírselo a su madre o no, por temor a provocarle una emoción demasiado intensa, que a su edad podía resultar fatal.

Decidió asegurarse primero. Al salir de la consulta, aparcó su vieja ranchera cerca de las oficinas del diario y le pidió a Bessie Zorro Risueño que esperara. Volvió al cabo de un rato con una copia del *e-mail* original de Sonia, que se describía como una estudiante española de dieciséis años, y la foto de la tumba. A Eric Zorro Risueño le había bastado mirar la foto. Sólo unos sioux podían haber grabado en la piedra, con aquellos trazos elementales, los símbolos primigenios de la estrella y el viento.

Mientras conducía de vuelta a la reserva, y la carretera empeoraba —e incluso el paisaje cambiaba y se agostaba, porque los blancos se habían quedado con las tierras más fértiles—, Eric Zorro Risueño se atrevió a hablarle a su madre de la tumba de Viento en la Cara.

El rostro de Bessie Zorro Risueño no se alteró. Dejó escapar un profundo suspiro y reflexionó durante un tiempo. Antes de hablar tosió dos veces. Al principio su voz sonaba débil y aguda, pero poco a poco se volvió grave:

—Mi padre, Punta Flexible, era un niño cuando su padre, Viento en la Cara, murió lejos, al otro lado del Agua Grande. Nube Movediza, su madre, creía que el niño y ella corrían peligro entre los hombres blancos, y que también morirían si se quedaban con ellos. Dejaron el cuerpo de Viento en la Cara y emprendieron el camino de vuelta. Llegaron por la época de la Gran Matanza, cuando cayeron Pie Grande y los suyos. Con el tiempo, el rastro de Viento en la Cara se perdió del todo. —Calló por un instante, para tomar aliento—. Hace tres lunas soñé que había regresado. Los tambores tocaban la danza de los espíritus, y yo me movía y cantaba en un círculo grande. Había un joven de espaldas, en el centro del círculo. Cuando se volvió hacia mí, vi en su rostro la pintura del viento. Era Viento en la Cara, mi abuelo, pero parecía mucho más joven que yo, porque había muerto en la flor de la edad. —Hizo otra pausa—. El paso del baile era cada vez más rápido, de modo que me costaba seguirlo. Viento en la Cara me hizo señas para que fuera con él hacia el centro del círculo, donde no teníamos que movernos a tanta velocidad. Pero soy vieja. Me tambaleé y caí a tierra. Cuando me levanté, todos se habían marchado, y también Viento en la Cara. Ahora sé que mi joven abuelo se sirvió del sueño para anunciarme su regreso.

Había hablado muy despacio, mirando más allá del parabrisas y del horizonte.

—Todo eso lo entiendo —repuso Eric—, pero aún no me has dicho qué quieres que haga.

—Pídele consejo a Fantasma Gris, y él te dirá lo que nos conviene.

—Le preguntaré —afirmó Eric con resolución.

Fantasma Gris era el hechicero principal, y también el jefe de la estación de Radio Kili, la radio de la reserva. Cuando Eric Zorro Risueño le expuso la situación, dijo que lo mejor para los sioux y para Viento en la Cara era que el cuerpo volviese a su patria. Eso llevaría papeleo y tiempo, y acarrearía muchos gastos. Los sioux no tenían ese dinero. Bastante hacían viviendo con tan pocos ingresos. Habría que formular la petición al Gobierno, que unas veces les escuchaba y otras no. Quizá en aquella ocasión les haría caso, porque no se trataba de reclamarles las tierras que les habían quitado un siglo antes ni de quejarse por los abusos de las compañías de energía, que pagaban a precios irrisorios los derechos de explotación de las minas abiertas en la reserva. Traer los restos de un viejo indio desde un país extranjero no constituiría un problema para el todopoderoso Departamento de Estado, siempre que quisiera involucrarse. Pero, antes de dirigirse al Gobierno, los sioux necesitaban algún tipo de comprobación, algo más consistente que la carta de una estudiante o la fotografía de una tumba. Había que escribirle a Sonia, ahora que el rastro de Viento en la Cara aún estaba fresco.

Eric Zorro Risueño propuso que fuera Kevin Zorro Risueño, su nieto, quien se encargase del cometido. Cabía esperar que, como la estudiante española era una chica, y él un chico, se llevarían bien, y a Kevin le ayudaría a sentirse responsable.

Kevin se llamaba así en honor a Kevin Costner, que quince años antes había filmado allí mismo la película *Bailando con lobos*. La película no contaba toda la verdad —¿qué hombre blanco se atrevería a contarla?—, pero muchos sioux, como John Zorro Risueño, el padre de Kevin Zorro Risueño, habían actuado en ella, al lado de Costner, y al hacerlo habían recuperado parte de su orgullo tribal. Kevin, uno de los muchachos más prometedores de la reserva, estudiaba en una *survival school*, donde le enseñaban las creencias y tradiciones indias que habían estado prohibidas durante largo tiempo, pero también sabía leer y escribir en el idioma de los blancos mejor que muchos indios adultos.

Eric y Fantasma Gris fueron a ver a Kevin Zorro Risueño y le hablaron de Sonia y de Viento en la Cara. Kevin no tenía ordenador, pero podía utilizar el de la *survival school*. Así que fue a la escuela y escribió el siguiente *e-mail:*

Amiga del Viento:

Me llamo Kevin Zorro Risueño, y tengo quince años. Mi bisabuela, Bessie Zorro Risueño, es la nieta de Viento en la Cara. Toda su vida ha echado de menos a su abuelo. Ahora es feliz porque, gracias a ti y al anuncio del diario, sabemos dónde se encuentra. Nuestra familia planea enterrar a Viento en la Cara en el cementerio ancestral de los sioux oglala, en la reserva de la Loma del Pino, al lado del río Wounded Knee, que es donde vivimos. A él le habría gustado.

En La Loma del Pino nos gobernamos solos. Tenemos nuestro propio Gobierno en forma de consejo de jefes elegidos, y nuestra policía. Pero para traer a Viento en la Cara necesitamos el permiso de los hombres blancos, y para hablar con ellos necesitamos un documento oficial, que nos ayude a iniciar el proceso. Nos preguntamos si también podrías ayudarnos en eso. Si no puedes, dímelo y lo intentaremos nosotros.

Tu amigo sioux, Kevin Zorro Risueño

Sonia estaba algo descorazonada —las notas del último examen de matemáticas no eran tan altas como esperaba— cuando recibió el mensaje de Kevin y empezó a dar saltos en su habitación. «Ya está con la gimnasia otra vez», pensó Darío, en el cuarto contiguo.

Había hecho algo importante por Viento en la Cara y por sí misma, pero ahora empezaba a darse cuenta de que también era importante para otros. Contestó enseguida:

Kevin Zorro Risueño:

Me gusta el nombre que me has dado. Me alegro mucho de tener un nuevo amigo, y también de haber hecho feliz a tu abuela. ¡Quién sabe si algún día podremos vernos! Ahora mismo te envío, como documento adjunto, un certificado municipal de enterramiento, emitido por el Ayuntamiento de Barcelona. Si necesitas el original, pídemelo. Como verás, con Viento en la Cara está una niña, Estrella Fugaz, que era caballista. A menudo pienso también en ella, pero no sé nada de sus padres. Quizá puedas averiguar algo ahí. En cuanto a los planes de enterrar a Viento en la Cara en Wounded Knee, creo haber leído en algún lugar, mientras intentaba recabar datos sobre él, que quería regresar a las Colinas Negras, donde había nacido.

No dudes en acudir a mí para lo que quieras.

Con el cariño de Amiga del Viento

En su respuesta, Kevin le contó que las Colinas Negras les habían sido arrebatadas por los blancos, y ya no pertenecían al pueblo sioux.

A partir de entonces, el Gobierno de la reserva se dirigió al de Washington, que aceptó la gestión, y el Departamento de Estado inició una larga correspondencia con el Ministerio de Asuntos Exteriores, solicitando la inhumación de los restos.

Mientras, Sonia proseguía el curso con sus inevitables altibajos. Asistía a las clases con asiduidad, pero algunos días se encontraba deprimida, cansada, y se quedaba en casa. Era una decisión poco afortunada, porque luego tenía que esforzarse más, y únicamente conseguía concentrarse en las asignaturas que le interesaban. El peso oscilaba, pero no solía bajar de los cincuenta kilos. A veces, cuando se sentía muy angustiada, tomaba a escondidas diuréticos o laxantes. Salía poco los fines de semana, casi siempre con chicas. A los chicos les intimidaba un poco, porque les parecía distinta y no sabían cómo abordarla.

Una de sus escasas distracciones era el correo informático. Se carteaba con sus amigas del instituto, con Jordi, con Kevin. A veces consultaba las páginas de anoréxicas que había en la red, y se asombraba de la frivolidad con que se escribían unas a otras. «Estoy harta de mi ANA. Ahora quiero tener una MÍA», proclamaba una. ANA era la abreviatura coloquial de anoréxica, y MÍA la de bulimia. Había que estar realmente enferma para desear cambiar de trastorno por capricho, como quien cambia de zapatos.

Kevin le pidió una entrevista para el diario de la reserva. Amablemente, Sonia se negó y aprovechó la ocasión para rogarle que cuando el asunto, como era previsible, llegase a la prensa nacional o internacional, evitaran mencionar su nombre. No quería ese tipo de fama casual y temía no poder asumirla sin alterarse. Había actuado en memoria de un muerto y de su pueblo, no para atraer la atención. Y le horrorizaba, aunque esto no se lo dijo a su nuevo amigo, la idea de que alguien estuviese al tanto de su enfermedad y la mencionase en un diario o en una revista. Kevin tuvo la delicadeza de no insistir y rogó a sus mayores que también fueran discretos.

Cuando en junio acabó el curso, le quedaron dos asignaturas para septiembre. Kevin le escribió para decirle que la exhumación tendría lugar a mediados de julio, y que él estaría presente. En cuanto a Estrella Fugaz, había resultado no tener parientes. Tras su caída del caballo en Barcelona, sus padres habían vuelto también a la reserva, para perecer en el ignominioso exterminio de Wounded Knee o, como decía Bessie Zorro Risueño, en la Gran Matanza.

La proximidad de la fecha señalada la tuvo en vilo durante más de un mes. Era como si fuese ella quien debía atravesar el Atlántico, y no los indios. Acordaron que, como de costumbre, Tulio la acompañaría. Sigrid permanecería en

Altura para cuidar de los animales, y Darío se quedaría con ella para que no se sintiese sola.

Llegaron a Barcelona la tarde previa a la exhumación y fueron directamente a un hotel de las Ramblas, donde se habían citado con la delegación sioux: Kevin Zorro Risueño, Eric Zorro Risueño y Fantasma Gris, el hechicero de la tribu. Kevin era un joven atlético, aunque algo grueso, de hombros anchos y sonrisa fácil, que recordaba a Viento en la Cara. Eric tenía el gesto adusto y solemne que suele asociarse con los indios de la pradera; era un hombre tranquilo, fornido, de grandes cejas hirsutas, nariz aplastada y pecho de tonel. Fantasma Gris, en cambio, parecía un espíritu burlón, con su nariz afilada, los labios apretados y un brillo irónico en los ojos; debía rondar los cincuenta. Los tres llevaban el cabello largo y recogido y vestían a la manera de los blancos, aunque con un toque informal. Los tres calzaban mocasines, y en su piel se notaba el trato frecuente con el viento y el sol.

Estaban hojeando los diarios, que Sonia y Tulio ya habían leído en el tren, y que informaban del hallazgo de Viento en la Cara sin mencionarla a ella, como si un buen día los sioux hubieran decidido partir en busca de la tumba de su antepasado, y la hubieran encontrado solos. A fin de cuentas, era lo que había pedido, y no lo lamentaba. Seguía prefiriendo que no se centrasen en su persona. Pero le divertía comprobar qué fácil resultaba distorsionar una noticia, simplemente negándose a aparecer en ella o contándola de otro modo. Ahora entendía algo que su padre repetía a menudo: que la historia constituye una forma de ficción, porque los documentos que utiliza son versiones subjetivas, incompletas, parciales.

Al principio, la presencia de Eric Zorro Risueño y de Fantasma Gris, con sus modales dignos y corteses y su hablar reposado, la intimidaba y hacía que le temblaran las rodillas. Hubiera preferido estar a solas con Kevin, que continuamente intercambiaba con ella miradas cómplices. Por eso tuvo que hacer un esfuerzo para contestar a Eric Zorro Risueño cuando éste se volvió hacia ella y, con ceremoniosa gravedad, le dijo, en un inglés muy claro:

—Muchas personas quieren hacer cosas, pero se quedan quietas. ¿Qué es lo que te hizo moverte a ti, Amiga del Viento, para dejar tu casa, venir a Barcelona y buscar la tumba de nuestro antepasado?

—Creo —dijo Sonia, intentando dar una respuesta sincera— que fue precisamente el viento.

Y les contó a los indios el sueño en el que Viento en la Cara la había llamado por su nombre.

Fantasma Gris la miró profundamente y asintió.

—Nosotros —dijo— vivimos nuestros sueños de manera distinta que los hombres blancos. Un indio sueña algo y cree que le ocurrirá, porque para él los sueños importan más que la vigilia. Toda su vida puede estar determinada por ese sueño. En cambio, un hombre blanco sueña y olvida. Cree que el sueño es algo que uno hace sin darse cuenta, y que no significa nada. Tú, Amiga del Viento, has vivido tu sueño como hacen los indios.

Tuvieron que interrumpir la conversación porque se presentaron unos periodistas que iban a entrevistar a los enviados sioux. Más tarde cenaron juntos —para su sorpresa, Sonia se oyó pidiendo un entrecot con verduras, pero sólo dio buena cuenta de las verduras—, y Tulio pasó una velada muy grata, en la que a ratos irrumpían los recuerdos de su infancia y de su adolescencia, mientras oía los animados relatos de Eric Zorro Risueño y de Fantasma Gris: relatos nacidos para ser contados junto a la hoguera, que trataban del principio de los tiempos, de amores impetuosos y de batallas que mucho después de haber sido ganadas se convertían en grandes derrotas y al revés, de derrotas que acababan transformándose en victorias.

Al salir del restaurante dieron un paseo hasta el puerto. Sonia iba al lado de Kevin, que caminaba con cierta rigidez y con las puntas de los pies hacia dentro, como si no tuviera costumbre de andar sobre el asfalto. A ratos él la miraba, para asegurarse de que seguía allí, y ella le miraba a su vez y pensaba que al día siguiente, a esa misma hora, ya se habrían separado.

Cuando le preguntó si le gustaba vivir en La Loma del Pino, Kevin se encogió de hombros:

—No es como esto —señaló alrededor—. No hay bares ni discotecas. El alcohol está prohibido, aunque muchos beben. De vez en cuando celebramos *pow wows,* que son fiestas con concursos de bailes tradicionales. Pero cuesta mucho llenar los días, sobre todo en invierno, entre la Luna de los Árboles que Chasquean y la Luna del Hombre Cegado por la Nieve.

¿Se engañaba Sonia o realmente Kevin estaba lamentándose? No podía saberlo, porque no había tratado con suficientes chicos, y no sabía cuándo hablaban por hablar.

—¿Y qué significa eso de la Luna de los Árboles que Chasquean?

—Diciembre. La Luna del Hombre Cegado por la Nieve es marzo.

—¿Y los otros meses?

—Mmmm... Enero es la Luna de la Escarcha en el Tipi... El tipi...

—Sé lo que es: la tienda india —le interrumpió ella.

—Y luego viene febrero, que es la Luna de los Terneros Purpúreos. Ya te he dicho marzo: la Luna del Hombre

Cegado por la Nieve. Tenemos abril, que es la Luna de la Aparición de la Hierba Roja, y mayo, que es la Luna en que las Yeguas Mudan el Pelo... La Luna de Engordar, que es junio... Julio, la Luna de las Cerezas Rojas... La Luna en que las Cerezas Oscurecen, agosto... Septiembre, que es la Luna del Ternero Negro, y también la Luna en que los Terneros Crían Pelo. Noviembre, la Luna de las Hojas que Caen...

—Te saltaste octubre.

—Es verdad, tienes razón. Octubre es la Luna de las Muchachas que buscan Marido.

—¡No es verdad! —rió ella—. ¡Te lo has inventado!

En el puerto, Sonia se volvió hacia los indios, les señaló Montjuic y les explicó que el cementerio se encontraba arriba, al otro lado de la montaña. Y ellos escrutaron con admiración la mole oscura, veteada de luces, como si se encontrasen al pie de sus veneradas Colinas Negras.

Al día siguiente se reunieron a la entrada del cementerio y subieron a pie por las avenidas circulares, tras el coche mortuorio con el ataúd vacío. Los tres indios, con penachos, camisas de piel y chalecos de cuentas, iban tocando tambores y matracas. La familia Fromm estaba al completo, y también había simpatizantes del movimiento indio, autoridades municipales, personal del consulado estadounidense, periodistas y cámaras de televisión. El viento agitaba las ropas y las cintas de las coronas fúnebres, que parecían vibrar al son de los tambores.

Los enterradores habían hecho su trabajo. Aguardaban al borde de la fosa abierta, con los restos del ataúd desvencijado en el fondo. Fue Eric Zorro Risueño quien, con una agilidad envidiable para su edad, descendió por una escalera de mano para recoger los frágiles huesos de su bisabuelo y de Estrella Fugaz, que yacían juntos. Primero extrajo los dos cráneos y se los entregó a Kevin, que fue depositándolos en una piel de bisonte curtida, con el pelo hacia fuera, traída de la reserva.

Cuando acabaron, Sonia se obligó a mirar hacia abajo y percibió un pequeño objeto negruzco, de apariencia metálica, situado en la juntura de las tablas maltrechas.

—Aún queda algo —le dijo a Kevin, que también lo vio y bajó a recogerlo.

Era la bala que en 1876 se le había alojado a Viento en la Cara en el hombro, en la batalla de Little Big Horn, y que nunca había permitido que le extrayesen.

Depositaron los huesos, con la bala, en el ataúd nuevo, reluciente. Antes de cerrarlo, Sonia dejó caer en él unas florecillas recogidas allí mismo, entre las tumbas mal cuidadas. Con gesto solemne, los indios cubrieron el ataúd con la bandera sioux, una enseña en la que se veían pequeñas tiendas cónicas colocadas en círculo. Representaban el aro de la nación, con el árbol sagrado en el centro.

Introdujeron el ataúd en el coche y el cortejo descendió lentamente, al son sobrecogedor de los tambores. Sonia miró atrás y atisbó por última vez la lápida enhiesta, con los signos rudimentarios del viento y de la estrella. Al menos, pensó, algo de Viento en la Cara y de Estrella Fugaz quedaba allí.

Se había organizado un servicio de despedida en la iglesia de Santa María del Mar, en el barrio gótico. Cuando llegó el coche fúnebre, los tres indios y Jordi, que había ofrecido su ayuda, bajaron el ataúd, lo entraron en la iglesia y lo depositaron ante el altar, donde quedó expuesto bajo la luz que se filtraba a través de altos ventanales. Olía intensamente a incienso, a cera.

Un sacerdote disertó de forma extensa acerca de la creencia, común a casi todas las religiones, en la inmortalidad del alma. De no creer que había un alma asociada a aquellos pobres restos, dijo, nadie se habría tomado la molestia de cruzar el océano para recuperarlos. Pero ¿qué eran los seres humanos sino almas vivientes? Citó el Génesis, el Libro de los Salmos, citó a san Lucas.

Sonia había pedido intervenir a continuación. Quería decir un texto muy breve de Kafka, *El deseo de ser piel roja*, apenas cinco líneas que había leído en el hospital, cuando estaba internada, y que le habían parecido hermosas y sugerentes. Pero en el último momento temió que aquello pudiera interpretarse como una intromisión o una frivolidad —era la celebración de ellos, no la suya— y se volvió hacia Eric Zorro Risueño, para asegurarse de que contaba con su aprobación.

—Lo que tú hagas, Amiga del Viento, estará bien —consintió Eric.

La luz que entraba por los vitrales parecía aprisionar a los presentes en brillantes jaulas doradas. Sonia subió al estrado. Se dio cuenta de que debía decir algo más. ¿Iba a hablar de sí misma, de sus continuas metamorfosis, de la foto de Portobello?

—Soy amiga de la familia Zorro Risueño —empezó—, y estoy orgullosa de serlo. Durante muchos años, los indios fueron una de las pasiones de mi padre. Ahora también forman parte de mi vida. Los indios mantenían una relación de equilibrio con la naturaleza; no abusaban de ella. Mataban a un animal para comérselo y para usar su piel y le pedían perdón, porque sabían que dependemos los unos de los otros, que de algún modo todos estamos emparentados, incluso los árboles y las plantas. —Desplegó una cuartilla con el texto—. Voy a leer unas líneas de Franz Kafka. Cuando Viento en la Cara murió, Kafka era un niño.

Pero me gusta imaginar que pudo asistir al espectáculo del Salvaje Oeste, y que ya de mayor escribió esto pensando en lo que había visto de pequeño.

Cambió de tono, y su voz sonó clara y limpia:

> «Si uno pudiera ser un piel roja siempre alerta, cabalgando sobre un caballo veloz, a través del viento, constantemente sacudido sobre la tierra estremecida, hasta arrojar las espuelas porque no hacen falta espuelas, hasta arrojar las riendas porque no hacen falta riendas, y apenas viera ante sí que el campo era una pradera rasa, habrían desaparecido las crines y la cabeza del caballo».

Levantó la mirada. ¿Era una ilusión o había allí más indios expectantes, con sus atavíos, sentados en las últimas filas? Creyó identificar a algunos, que conocía por las fotos: Castor Erguido, Pequeño Gran Hombre, Perro Bajo. Pero cuando se apartó del estrado y quiso acercarse a ellos se desdibujaron, y sólo quedaron unos bancos de madera oscura, extrañamente vacíos.

—¡Eh, eh! ¡Eh, eh! ¡Eh, eh! ¡Antepasado, es tu bisnieto, el hijo de Bessie Zorro Risueño quien habla! —anunció Eric, dirigiéndose al ataúd, y a continuación se volvió hacia los vivos—. Fuimos muchos, pero ahora somos pocos. Queremos estar juntos. Hace mucho tiempo, antes de que desaparecieran las grandes manadas de bisontes, mi bisabuelo tuvo una visión. Una nube blanca lo llevaba hasta el cielo y lo dejaba ante una tienda enorme, cuya entrada abierta era un arco iris. Allí estaba sentado el Gran Espíritu, Padre de los Antepasados. ¡Has oído bien, Gran Espíritu, hablo de ti! Y el Gran Espíritu, que ya entonces era muy viejo, le mostró una brillante vara roja y le dijo: «Tómala, llévala a los tuyos y plántala en el centro del aro de la nación. Allí echará ramas, y de las ramas brotarán flores. Y, mientras ese árbol florezca, los sioux y todas las cosas vivas estarán bajo su protección». Entonces Viento en la Cara tomó la vara sagrada, la llevó a su pueblo y la hundió en el suelo, en el centro del aro. La vara se convirtió en un árbol muy alto, lleno de pájaros y de ramas. Y bajo el árbol había animales de muchas especies, que se confundían con la gente como si todos fueran parientes. Las mujeres entonaban una canción de alegría y los hombres fumaban la pipa de la paz. Eso fue seis veranos antes de que los blancos llegaran a las Colinas Negras y encontraran el mineral amarillo.

Eric Zorro Risueño hizo una larga pausa, como si estuviese dando tiempo a que, desde el pasado, esa funesta avanzadilla de los blancos entrara en su campo visual. Luego siguió:

—Un día, el árbol sagrado empezó a perder las hojas. Los animales se mostraban temerosos, como si ya no tuvieran la seguridad de ser nuestros parientes. Y el aro de la nación se deformaba, se rompía y se dispersaba como un anillo de humo. La gente estaba muy delgada, y sufría porque ya no había bisontes y pasaba hambre. Era muy duro ver morir de inanición a las mujeres y a los niños. Cuando no pudieron aguantar más, los hombres se cubrieron el rostro de pintura y fueron a la guerra. La pintura de Viento en la Cara era como la piel de la punta de los dedos; en ella se veía la huella del viento. Luchó, fue herido y sólo entonces se rindió, para salvar a su pueblo y a su familia.

»Pahaska, el matador de bisontes, llegó y le ofreció trabajo. No era un trabajo que a Viento en la Cara le gustara, pero pensó que quizá podría aprender algo útil para su pueblo. No encontró nada. Los blancos tenían de todo, pero no sabían repartirlo. Se hallaba solo, enfermo, en una ciudad extranjera. "Ahora me despertaré y veré a mis padres, que estarán preocupados por mí", pensó. Pero sus padres habían muerto años antes, y hacía mucho que él había dejado de ser un niño. Con lágrimas en los ojos, llamó al Padre de los Antepasados: "¡Eh, eh! ¡Eh, eh! ¡Eh, eh! ¡Antepasado, tengo que decirte que el árbol sagrado se agostó y murió! ¡Gran Espíritu! ¡Dime si aún es tiempo de plantarlo de nuevo!". Tenía una enfermedad grave, y estaba viviendo sus últimas horas. —Eric Zorro Risueño hizo una nueva pausa y miró con gravedad hacia el pulimentado ataúd—. Aunque el aro de la nación sioux sigue roto, tal vez aún viva una raicilla del árbol sagrado. Tal vez tú alimentes esa raíz. Por eso hemos venido a recogerte. ¡Eh, eh! ¡Eh, eh! ¡Eh, eh! ¡Alégrate, Viento en la Cara! ¡Antepasado, pronto verás a Bessie Zorro Risueño, mi madre!

Fantasma Gris pronunció unas palabras en último lugar, en la lengua lakota.

—¡Gran Espíritu, escúchame! A nadie se puede rezar fuera de ti. Tú mismo, todo lo que ves, cada cosa fue hecha por ti. Tú creaste el día y la noche, el bisonte y el viento. Dispusiste que el camino bueno y el camino de las dificultades se cruzasen, y es santo el lugar donde se juntan. Ésta es mi oración. Haz que en la tierra los hombres de bien tengan más poder, de modo que todas las naciones sean fuertes y felices, y también la nuestra. Haz que vuelva a florecer el árbol de la vida. Acoge en tus alas a Viento en la Cara y a Estrella Fugaz y ayúdanos a volver a ser un gran pueblo. Hoy no es un día triste para nosotros. ¡Haz que nuestro pueblo viva!

Al acabar el funeral, los indios volvieron a cantar y a tocar los tambores, que resonaban por toda la nave. Luego subieron a los coches, pasaron por el hotel a recoger el equipaje y se dirigieron al aeropuerto. Aunque faltaban algunas horas para que saliese el vuelo, y una agencia funeraria se encargaba del traslado, todos estaban de acuerdo en que convenía seguirlo de cerca, por si surgía algún contratiempo.

Pero, una vez en el aeropuerto, comprendieron que se habían precipitado. Mientras Tulio, Eric Zorro Risueño y Fantasma Gris se sentaban en la cafetería, Sonia y Kevin se dedicaron a recorrer las instalaciones. Era una situación insólita. Por un lado, la exhumación y el funeral habían resultado tan emocionantes que sus mentes tendían a evocarlos una y otra vez. Por otro, la inmediatez de la separación les abrumaba, y les impedía decir o hacer cualquier cosa que pudiera estrechar unos lazos que muy poco después iban a romperse.

Por eso fue casi un alivio cuando se acercó la hora del embarque y se dirigieron al control de equipajes. Sólo entonces las conversaciones se animaron. Tulio prometió enviar a la reserva un ejemplar de su libro sobre los indios, aunque se cuidó de advertirles que no era lo mejor que había escrito, y ellos le prometieron una pipa hecha con la arcilla del arroyo de Wounded Knee, para que pudiese recibir la inspiración directamente del Gran Espíritu.

—Nosotros seguiremos escribiéndonos —le dijo Sonia a Kevin, como si decidiera por los dos.

Se despidieron junto al control de equipajes. Sonia no se atrevió a besar a Fantasma Gris ni a Eric Zorro Risueño, pero sí a Kevin, que le correspondió con un entusiasmo tardío, pero elocuente.

—Ahora Viento en la Cara se llama Vuelve de Nuevo —declaró Fantasma Gris, pensativo, antes de alejarse.

Al otro lado del control, Kevin Zorro Risueño se volvió, mirando hacia Sonia, y se golpeó el pecho con la mano abierta, una y otra vez, muy despacio, casi a cámara lenta, como si quisiera decir que la llevaba consigo, en lo más profundo de su corazón. Fue un gesto simple y emocionante, un gesto sioux.

Días después, bajo un cielo violeta, con profusión de nubes encumbradas, tuvo lugar el segundo entierro de Viento en la Cara y Estrella Fugaz, en el cementerio de Wounded Kneee. Como parecía cruel e innecesario alejar a quienes habían estado tanto tiempo juntos, el indio visionario y la niña caballista pasaron a compartir también la nueva tumba.

Cerca de allí, a escasos metros, reposaban los muertos de la Gran Matanza. Pocos años antes, cuando aún no había en la reserva un Gobierno indio y los blancos ejercían un férreo control, estaban separados de los demás muertos por un vallado de madera. Así que ya podía decirse que, al menos bajo tierra, todos se habían vuelto a reunir.

En cuanto a los vivos, habían tirado la casa por la ventana. Tras las ceremonias se sentaron al aire libre y disfrutaron de un festín de carne de venado y de bisonte.

Mientras veía comer a los demás desde la veranda de su casa, Bessie Zorro Risueño aspiró con fuerza:

—El abuelo ha vuelto —murmuró para sí—. Puedo morir tranquila.

Y eso fue exactamente lo que hizo.

EL ALMENDRO

En septiembre, es decir, en la Luna del Ternero Negro, los días empezaron a alargarse con rapidez, y el jardín a poblarse de setas blanquecinas. Parecía como si el verano tuviera prisa por acabar, como si la naturaleza, harta de calores y de sequía, quisiera pasar página.

Sonia aprobó las dos asignaturas que le quedaban, y empezó el curso. Ya estaba en segundo, pero aún no sabía qué iba a estudiar después, ni si conseguiría una nota suficientemente alta como para acceder a la universidad.

A menudo, sobre todo de noche, cuando los demás se habían acostado y estaba a solas, pensaba en Kevin Zorro Risueño, que la había invitado a la Loma del Pino y le prometía enseñarle algunos parajes míticos de su vecindad: las Colinas Negras, las Malas Tierras, el Bosque Petrificado.

Pero la Loma del Pino y Wounded Knee quedaban muy lejos de Altura. El viaje sería caro, y no estaba segura de que, salvo por la compañía de Kevin, fuese a gustarle. Si la vida en la reserva era dura para un sioux, como se traslucía por los comentarios de su amigo, más dura resultaría para una chica blanca. No necesitaba, al menos de manera imperiosa, ver la nueva tumba de Viento en la Cara y la pequeña Estrella Fugaz. No se sentiría más cerca de ellos de lo que se había sentido en Montjuic. Y, si lo que le apetecía era viajar, siempre existía la posibilidad de volver a Barcelona, pero no para ir de cementerios, sino para conocer la ciudad con Jordi.

Un día recibió un *e-mail* de Kevin con dos versos, precisos y cortantes como los de los haikus japoneses:

Amiga del Viento, no te alejes de mí.
No me faltes, por más lejos que vaya.

Se acordó del gesto cordial de Kevin en el aeropuerto, y pensó que quizá ella era aún más importante para él de lo que él era para ella. Resultaba curioso lo que ocurría con los sentimientos: podían originarse de pronto, como una corazonada, o empezar a fluir lentamente, si una les prestaba atención y se concentraba en ellos.

Se sentó a escribir y pensó en muchas cosas remotas: en la llegada a Altura por primera vez y en su padre dándole la mano y enseñándole el chalé; en *Nerón* saltando con la boca abierta para alcanzar la pelota amarilla; en su madre atrapando un ratón con un sombrero; en Darío de pequeño, cayendo hacia atrás, desapareciendo bajo el coche y reapareciendo en brazos del padre; en el viaje a París; en *Conejito,* su verdadero amor; en el pabellón de las chicas difíciles; en las enormes ganas de vivir y en los ojos redondos de *Lana,* bajo el pelo ensortijado y espeso; en los cuadros de Rothko, quien, ahora lo sabía, se había suicidado; en el cementerio marino de Montjuic, barrido por el viento; en la bala encontrada en la tumba.

Era medianoche cuando terminó. Había escrito su primer poema, y sólo el tiempo diría si habría otros. Curiosamente, no era un poema para Kevin, sino para Viento en la Cara, que también estaba bajo tierra, como *Nerón*, aunque mucho más lejos y, sin embargo, irradiaba su sonrisa a pocos centímetros, desde las fotos de Portobello y el Smithsonian:

Cada mañana, cuando se alza el sol,
me despierta mi antiguo amor,
el hombre con el que soñé
cuando ya estaba muerto.
Su voz resuena de un valle a otro
y me llega ahora mismo,
cuando el viento sopla
sobre las altas hierbas.

Como le parecía demasiado íntimo, prefirió guardar el poema para sí. A Kevin le mandó un *e-mail* donde le decía lo mucho que le había gustado el suyo, le aseguraba que siempre sería su amiga y después le contaba las costumbres y habilidades de los animales de la casa: el amor a sí misma de una de las cotorras, que coqueteaba con su imagen en un espejuelo; las piruetas de la perrilla *Lana*, que había acabado sustituyendo a *Nerón* en sus paseos, aunque no en su corazón; las aventuras del gato *Platón*, que se pasaba las noches junto al estanque, intentando cazar ranas, y a quien el perro de un vecino, para enojo y preocupación de Sigrid, había llegado a morder en la cola orgullosa.

En diciembre, es decir, en la Luna de los Árboles que Chasquean, llovió mucho. Casi podía sentirse el peso de las nubes sobre los hombros de uno. A medida que lo cubrían todo, la luz se extinguía y los colores del jardín y del campo se volvían más oscuros. Una a una, las primeras gotas incidían sobre la tierra o el pavimento y cubrían de pequeños círculos el agua de la piscina. El tímido tamborileo daba paso a un chaparrón, que rompía en catarata sobre los tejados de Altura. El agua fluía formando arroyos, arrastrando la tierra desde las parcelas más altas a las más bajas, estancándose en los campos y desbordando las conducciones y los cauces sucios de hojarasca.

Los truenos rugían y retumbaban, los relámpagos destellaban sobre la hierba húmeda y sobre millares de charcos. Era como si nunca fuese a escampar, como si el mundo entero se disolviera en lluvia. Los animales permanecían quietos, observándolo todo desde sus refugios.

Pero también la lluvia cesó, y pronto hubo atisbos de nuevos cambios. Una mañana de finales de enero, es decir, en la Luna del Hombre Cegado por la Nieve, Tulio advirtió que en algunas ramas del almendro habían aparecido unas protuberancias diminutas. Llamó a Sigrid y se las enseñó, y también a Sonia y a Darío.

—¿Creéis que son brotes? —les preguntó.

—¿Qué otra cosa podrían ser? —repuso Sigrid.

Parecía un milagro que, al cabo de un año, el viejo y reseco almendro reverdeciese, pero ahora los cuatro estaban dispuestos a creer en los milagros o, al menos, a esperarlos, después de lo sucedido con Viento en la Cara. Aunque, como Tulio recordaba de vez en cuando, aquello había sido fruto de la resolución de su hija Sonia, más que un verdadero milagro.

Tronco Andante, es decir, Venancio, el jardinero, era más escéptico porque nunca había visto un caso así. Se plantó junto al almendro, hizo incisiones en algunas ramas, con una navaja, y lo contempló como si se hallara en trance. Incluso a él le llevaba tiempo identificarse con un árbol, sentir el flujo de la savia y el viento en la copa. Dijo que sí, que aunque no lo entendía estaba vivo, que se esforzaba y que si hacía frío se resentiría.

De vez en cuando, Sonia miraba por la ventana de su cuarto o bajaba para seguir de cerca los progresos del almendro. Acariciaba el tronco tortuoso, cubierto de pequeñas escamas, y le hablaba quedo, como esos niños que, en los zoológicos, se instalan junto a las jaulas e intentan consolar a los animales cautivos:

—Anda, ánimo, no tengas miedo. Lo estás haciendo muy bien. Vendré a verte todos los días.

Una soleada mañana de domingo, Sonia se despertó tarde. Había dormido mucho, pero, por una vez, no se sentía avergonzada. Bajó las escaleras sin encontrar a nadie. Sin duda, cada uno estaba en su habitáculo, enfrascado en sus trabajos o en sus ensoñaciones. Lejos de inquietarla, el pensamiento de que se habían olvidado de ella la tranquilizó.

Salió al jardín. Una ligera brisa soplaba desde el mar. Sonia se detuvo junto al almendro, que parecía tan reseco como siempre. Pero en las ramas los brotes habían crecido, y las yemas empezaban a entreabrirse para mostrar las flores blancas. Aliviada, suspiró con fuerza.

—Ahora es seguro que se salvará —dijo en voz alta.

Había puesto muchas esperanzas en aquel árbol, y el árbol las había justificado. También los demás habían puesto esperanzas en ella. No quería defraudarles. Por primera vez en mucho tiempo, no tenía miedo.

ÍNDICE

El maíz
amargo

M. Àngels Bogunyà

ALANDAR, +14 n.º 45. 144 págs.

Maya es una indígena de 16 años que viaja de Guatemala a Madrid, huyendo de las amenazas de los paramilitares. Durante el vuelo, escribe acerca de los terribles acontecimientos que tuvieron lugar en Alto Tajuná mientras celebraban la boda de María Bendita.

En su cuaderno, Maya cuenta, en un lenguaje directo y verdadero, su vida en la aldea, su cercana relación con su abuela, la protección que le ofrecen los cooperantes, su temprano amor por Jairo...